"...아하하하하하!
그 샐린저가 슈퍼마켓 봉지를 들고 돌아다니다니!
지, 지…… 지금, 나를 웃다가 죽게 만들려는 건가요?!"

the War ends the world / raises the world

너와 나의 최후의 전장, 혹은 세계가 시작되는 성전

the War ends the world / raises the world

성전

15

커버 그림, 본문 일러스트 | 네코나베 아오

너 와 나 의 최 후 의 전 장 ,
혹 은 세 계 가 시 작 되 는 성 전 15

the War ends the world /
raises the world

fears deus Ee soliz duskis kamyu ?
당신들의 민낯을 언제까지 과거로 덮으려는 거야?

van Ee d-kfen uc phanisis getie.
당신들은 자기 자신의 약함에 겁먹었을 뿐.

Soima phio lin glio mehnes. Sez ele cela Eeo.
자, 다시 한 번 무대에 올라가는 거야. 내가 당신들을 축복할게.

마 녀 들 의 낙 원

「네뷸리스 황청」

앨리스리제 루 네뷸리스 9세
Aliceliese Lou Nebulis IX

네뷸리스 황청의 제2왕녀. 가장 유력한 차기 여왕 후보. 얼음을 다루는 최강 성령술사. 제국에서는 「빙화의 마녀」라고 불리는 공포의 대상. 황청 내부의 온갖 음모에 염증을 내고 있으며, 전장에서 만난 적국 검사인 이스카와의 정정당당한 싸움에 설렘을 느낀다.

린 뷔스포즈
Rin Vispose

앨리스의 시종. 흙의 성령 사용자. 가정부 같은 옷 아래에 암기를 숨기고 다니는 유능한 암살자. 평소에 무표정한 편이라서 무슨 생각을 하는지 알기 어려운데, 가슴 크기에는 열등감을 느끼는 듯하다.

시스벨 루 네뷸리스 9세
Sisbell Lou Nebulis IX

네뷸리스 황청의 제3왕녀. 앨리스리제의 여동생. 과거에 일어난 사건을 영상과 음성으로 재생하는 「등불」의 성령을 지녔다. 과거에 제국에 붙잡혔다가 이스카의 도움을 받았다.

가면 경 온
On

차기 여왕 자리를 놓고 루 가문과 경쟁하는 조아 가문의 일원. 속마음을 알 수 없는 책략가.

키싱 조아 네뷸리스
Kissing Zoa Nebulis

조아 가문의 비밀 병기. 강력한 성령술사. 「가시」의 성령을 지니고 있다.

미젤히비 히드라 네뷸리스 9세
Mizerhyby Hydra Nebulis IX

히드라 가문의 차기 여왕 후보인 왕녀. 『광휘』라는 특수한 성령의 소유자.

일리티아 루 네뷸리스 9세
Elletear Lou Nebulis IX

네뷸리스 황청의 제1왕녀. 대외 활동에 열중하느라 자주 왕궁을 비운다.

기 계 로 된 이 상 향

「천제국」

이스카
Iska

제국군 인류 방위기구, 기구 III사(師) 제907부대 소속. 과거에 사상 최연소로 제국의 최고 전력「사도성(使徒聖)」자리에 올랐지만, 마녀를 탈옥시킨 죄로 그 자격을 박탈당했다. 성령술을 차단하는 흑강의 성검과, 마지막으로 벤 성령술을 딱 한 번 재현하는 백강의 성검을 가지고 있다. 평화를 위해 싸우는 올곧은 소년 검사.

미스미스 클라스
Mismis Klass

제907부대 대장. 얼굴이 엄청나게 앳되어서 청소년처럼 보여도 실은 어엿한 성인 여성. 덜렁이지만 책임감이 강하고, 부하들에게도 신뢰를 받고 있다. 볼텍스에 빠지는 바람에 마녀로 변했다.

진 슐라건
Jhin Syulargun

제907부대 저격수. 귀신같은 저격 솜씨를 자랑한다. 이스카와 같은 스승님 밑에서 동문수학한 질긴 인연의 소유자. 성격은 차갑고 냉소적이지만, 동료를 아끼는 마음은 뜨겁다.

네네 알카스토네
Nene Alkastone

제907부대 기계 기술자. 천재 병기 개발자. 아득히 높은 곳에서 철갑탄을 발사하는 위성 병기를 조종한다. 실은 이스카를 친오빠처럼 잘 따르는 천진난만하고 사랑스러운 소녀.

리샤 인 엠파이어
Risya In Empire

사도성 제5위. 통칭「만능 천재」. 검은 테 안경을 쓰고 양복을 입은 미녀. 학교 동기인 미스미스를 마음에 들어 한다.

the War ends the world / raises the world

CONTENTS

『 잔 향 』

the War ends the world /
raises the world

1

……달각.

…………달각.

어디선가 돌조각이 작게 흔들렸다.

제국령, 제도 융메룽겐.

이 땅에 살고 있는 주민들은 아무도 알 수 없었다. 세계 최대 수도의 지하 5,000m에 드넓은 동굴이 펼쳐져 있다는 것을.

과거에 이곳은 제국 의회라고 불렸다.

지금은 그 흔적조차 남아 있지 않았다.

천장은 무수한 돌로 변해 무너져 내렸고, 벽은 형체도 없이 부서져서 그 안쪽의 먹처럼 검은 땅거죽이 살짝 드러나 있었다.

돌무더기 밑에는 산산이 부서진 기계의 잔해가 남아 있었다.

여덟 개 분량의 모니터.

제국을 물밑에서 조종했던 「팔대사도」의 빙의 대상이었다.

100년 전 현자였던 그들은 육체가 썩어 사라진 후에도 전뇌체 (電腦體)에 자기들의 의사를 남겨두고, 별의 중추에 잠들어 있는『재액』의 힘에 계속 도취되어 있었다.

——재액의 이름은『*La Selah Milah Uls*』.

별의 백성이「모든 성령의 적」이라고 부르며 두려워했던 것.

그 힘을 몹시 동경했던 팔대사도는 별의 중추로 들어갈 계획을 진행시키고, 더 나아가 성령술사에 대한 인체실험을 되풀이하고 있었다.

그러나 최종적으로는…….

"영원히 안녕, 구시대의 대역죄인들."

"당신들이 파낸『별의 배꼽』과, 권력의 증거인 제국 의회. 모두 다 한꺼번에 궤멸된다면 당신들도 만족할 테지?"

진짜 마녀 일리티아의 반역에 의해 팔대사도는 소멸했다.

그리고 제국 의회도 소멸.

바닥은 아무것도 없는 맨땅으로 변했고, 그곳에 크레이터처럼 큰 구멍이 뚫려 있었다. 과거에「별의 배꼽」이라 불리던 제도의 가장 오래된 볼텍스(성맥 분출천)로 이어지는 큰 구멍이——.

이제 아무것도 없었다.

찾아오는 사람도 없었다.

그럼에도 불구하고——달각, 달각 하고. 돌무더기 파편이 또다시 흔들렸다.

바람?

아니다. 이곳은 지하 5,000m에 위치한 지하실이다. 바람이 생겨날 이유가 없었다.

그런데도 여전히.

달각, 달각…… 하고 돌멩이는 끊임없이 계속 떨렸고.

『————.』

흐릿하게 빛나는 빛.

돌무더기 밑에서 조금이나마 원형을 유지하고 있던 모니터에 딱 한순간 불이 켜지더니————픽! 하고 다시 사라졌다.

그것이 마지막.

달각달각 꾸준히 소리를 내던 돌의 진동도, 마찬가지로 거짓말처럼 싹 가라앉았다.

그리고 침묵이 공간을 채워나갔다.

과거에 제국 의회였던 동굴은 또다시 이 세상에서 가장 차가운 정적에 휩싸였다.

2

같은 시각.

세계 대륙의 북쪽 끝——.

제국령에서 아득히 먼 북쪽에 있는 카탈리스크 오염 지역보다도 더 먼 북쪽. 서릿발로 뒤덮인 극한의 대지에 커다랗게 뻥 뚫린 구멍이 있었다.

볼텍스 「그레고리오(태양 항로)」.

이 별에서 가장 오래된 볼텍스 중 하나였다. 성령 에너지의 분출은 오래전에 가라앉았지만, 옛날에는 틀림없이 아주 화려한 빛을 뿜어냈을 것이다.

"완전히 말라버렸어. 어디든 다 똑같지."

휭 소리를 내는 눈바람.

그 바람 소리에 목소리를 겹쳐 올리듯이 중얼거린 사람은, 열둘 혹은 열세 살쯤 되어 보이는 갈색 소녀였다.

진주색 머리카락을 거꾸로 곤두세우듯이 휘날리면서——.

"별의 중추는 텅 비었어. 분출될 정도의 성령이 남아 있지 않은 거다. 그 재액 때문에."

이야기꾼 같은 말투였다.

마치 수십 년 동안이나 이야기를 엮어온 것처럼 깊은 지성이 깃든 말투.

그것도 당연했다.

이 갈색 소녀는 100년도 더 전부터 성령과 함께 살아왔으니까.

——시조 네뷸리스.

가장 오래된 최대 최강의 성령술사. 그녀가 지면에 뚫린 큰 구멍을 들여다봤다.

빛이 닿지 않는 새까만 암흑을.

"……불쾌한 냄새가 나. 그 여자가 이곳을 지나갔구나."

"일리티아 왕녀라고 했나?"

유심히 큰 구멍을 들여다보는 시조.

그 옆에 나란히 서 있는 사람은 눈동자도 머리카락도, 또 몸에 두른 코트도 새까만 남자였다.

크로스웰 게이트 네뷸리스.

시조 네뷸리스의 친척 동생이자 성검의 초대 소유자이며, 그 성검을 이스카에게 물려준 스승이기도 했다.

"나는 냄새는 잘 못 맡아. 실제로는 어땠는데?"

"그 여자?"

소녀는 하하! 하고 웃어넘겼다.

너도 다 알잖아? 그렇게 말하는 듯한 태도였다.

"그 여자는 이미 재액과 같은 냄새밖에 안 나. 썩은 흙. 썩은 물. 썩은 고깃덩이. 그것을 인간이라고 생각하면 안 돼."

"……그렇겠지."

바닥이 없는 것 같은 커다란 구멍. 크로스웰은 거기서 눈을 떼고 머리 위를 힐끗 봤다.

잿빛으로 흐려진 하늘.

이 세계의 북쪽 끝에 있는 땅은 언제나 이렇게 하늘이 어두웠다.

"다 알고 있을 테지만, 일단 나도 한마디 해둘게. 성검은 이스카에게 줬어. 지금 내가 가지고 있는 것은 조잡한 모조품이야."

"……멍청한 놈."

친척 누나인 소녀가 혀를 찼다.

"그건 재액한테 통하는 유일한 검이다. 네가 별의 백성에게 제발 만들어 달라고 부탁해서 만들어낸 거잖아?"

"그래서 준 거야. 누나도 그건 이해했을 텐데."

"……쳇."

갈색 소녀가 두 번째로 혀를 찼다.

그와 동시에 대답도 기다리지 않고 발아래의 큰 구멍으로 몸을 던졌다.

"꾸물거리지 말고 빨리 와, 크로."

"…………."

중력이 이끄는 대로 지저를 향해 낙하하는 친척 누나.

그 모습을 내려다보다가──.

"세상에서 가장 흉포한 누나를 안내하는 것이 동생인 나의 책무라고? 자꾸 귀찮은 일만 나한테 떠맡기는데, 이게 진짜 마지막이다. 융메룽겐."

과거의 천제 호위는 그렇게 탄식하면서 스스로 그 큰 구멍으로 몸을 던졌다.

Chapter.1

『붙잡고 늘어질
    용기도 없는 주제에』

the War ends the world /
raises the world

1

제도 융메룽겐.

그곳의 중앙 기지에 굉음을 내면서 수송기가 착륙했다. 강렬한 불꽃을 튀기면서 1,000m도 넘게 활주한 끝에 완전 정지.

또각, 또각…… 하고.

수송기의 사다리를 통해 내려온 사람은 양손이 구속된 푸른 머리 「마녀」였다.

"…………."

활주로에 바람이 불어 그 찬란한 감청색 머리카락을 휘감아 올렸다. 마녀는 흐트러진 머리카락을 정돈하지도 않고, 발밑에 있는 남자를 향해 사다리를 타고 내려갔는데——.

"안녕? 미젤히비 왕녀님. 몇 시간 만에 또 보네. 내 얼굴은 기억하고 있을까?"

"……."

상대가 자기 이름을 부르자, 미젤히비 히드라 네뷸리스 9세는 그 남자를 쏘아봤다.

수염을 기른 빼빼 마른 남자.

──서(Sir) 칼로소스 뉴턴 연구실장.

사도성 제10위.

제국에서 유일하게 성령 연구를 허가받은 공적 기관 『오멘』의 연구실장이 친근하게 한 손을 들면서 인사하고 있었다.

"흠. 그때와는 입장이 정반대가 되었어…… 아, 실례했어. 비꼬려는 것은 아니야. 단지 사실을 열거했을 뿐이지. 또 사실이라고 하면──."

뉴턴이 눈짓으로 등 뒤를 가리켰다.

완전히 변해버린 남녀가 제국 병사들의 들것에 실려 가고 있었다.

태양의 당주 탈리스만.

마녀 비소와즈.

둘 다 재액의 힘에 의해 육체가 끔찍하게 변모했다.

"천제 폐하의 명이다. 내가 저 두 사람의 치료를 맡게 되었어. 참 얄궂은 운명의 장난이지?"

그 한마디에.

태양의 왕녀 미젤히비의 표정이 약간 험악해졌다.

"그래서? 네 구두를 핥으면 돼?"

"응?"

"아니면 울면서 사과하면 되나? 내가 제국 사람의 연구소에서 행한 폭력과 무례를. 아니면──."

"어휴, 아니야!"

뉴틴 연구실장이 양팔을 활짝 벌렸다.

백의가 펄럭 하고 튀어오를 정도로 기세 좋게.

"듣던 대로 굉장한 순혈종의 힘이었어! 게다가 재액의 힘이 주입돼서 변모한 인간이라니! 난 말이지, 내 눈으로 직접 보게 된 행운에 감동해 온몸이 떨릴 지경이야!"

"…………."

그러자 미젤히비는 한순간 들것으로 시선을 돌리더니 말했다.

"저 두 사람은 제국한테도 가치 있는 존재일 거야. 재액의 정보를 제공하는 귀중한 증언자가 될 테니까. 살려두도록 해."

"처음부터 그럴 생각이었어."

백의의 사도성이 가볍게 어깨를 으쓱했다.

"재액의 샘플들이잖아. 무슨 짓을 해서라도 살려놓을 거야."

"——부탁할게."

"——저도 부탁드리겠습니다."

그 목소리는 뒤편에서 들려왔다.

미젤히비의 좌우에 나란히 선 새로운 마녀 두 명. 그들 앞에서 뉴틴 연구실장은 대놓고 소리 없이 웃었다.

"어이구, 이거 앨리스리제 왕녀님과 키싱 왕녀님 아니신가. 황청의 세 왕녀님들이 이렇게 나란히 서 있는 모습을 보니 그야말로 장관이군. 어, 그런데 두 왕녀님들?"

앨리스와 키싱.

두 왕녀를 번갈아 보면서 말했다.

"당신들은 제국에 침입한 히드라 가문의 토벌을 제안하지 않았나? 그런데 지금은 인질을 소중히 여기라고 하고 있지. 단순한 변덕 때문인가? 아니면 왕가의 친분 때문?"

"전황이 달라졌기 때문이죠."

키싱이 즉답했다.

마치 나열된 숫자들을 읽는 것처럼 기계적인 억양이었다.

"지금 제국군이 옮기고 있는 두 사람, 특히 탈리스만 경은 제국 군한테 최적의 협상 재료가 될 겁니다. 이 미젤히비를 사역하기 위한 재료. 안 그래요? 앨리스리제."

"……그렇지."

당사자인 미젤히비를 사이에 두고 앨리스는 떨떠름한 표정으로 고개를 끄덕였다.

"재액의 힘에 지배당한 탈리스만 경을 직접 보고 알게 되었어. 분하지만 미젤히비의 힘이 꼭 필요해. 재액과 싸우기 위해서는."

"흠, 감옥에 가둬둘 바에야 차라리 전력으로서 사역하라는 건가."

뉴턴은 턱수염을 쓰다듬었다.

그와 가까운 사람이라면 눈치챘을 것이다. 그것이 최고로 기분 좋다는 증거란 것을.

"옳은 말이야. 내가 치료를 맡을 이유로서는 충분하다고 할 만해."

그리고 고개를 돌렸다.

옛 동료인 과거의 사도성 이스카를 향해.

"그럼 이스카 군, 이대로 미젤히비 왕녀님을 연행해줘."

뉴턴 연구실장은 등을 돌렸다.

"안심하도록 해, 미젤히비 왕녀님. 당신의 소중한 사람들은 제국 최고의 치료를 받게 될 거야. 약속할게. 당신이 얌전히 우리 지시에 따르는 동안에는."

그리고 떠나갔다.

제국 부대가 들것을 들고 가는 방향으로.

"⸺."

"가자."

말없이 그 장면을 지켜보는 미젤히비와, 양옆에 서 있는 앨리스와 키싱.

그들을 향해 이스카는 살짝 고개를 끄덕였다.

목적지는 이 중앙 기지의 깊숙한 안쪽⸺.

"천제 폐하가 기다리고 계셔."

2

천수부.

제도에서 가장 오래됐다고 알려진 이 건축물은 하나의 건물 안에 네 개의 건물이 격납되어 있는 오중 건물이라는 특수한 구조였다.

그곳의 최심부——.

이스카가 천제의 방에 한 발 들여놓은 순간.

"기다렸어, 이스카 군! 네네야!"

얼굴이 퉁퉁 부은 미스미스 대장이 이쪽을 돌아봤다.

제국군 전투복을 벗은 탱크톱 차림이었다. 왼팔은 크게 다친 것처럼 붕대를 감고 있었다.

"저기, 내 이야기 좀 들어봐! 너희 둘이 없는 동안에 천수부는 사상 최대의 위기에 처했거든? 그래서 내가 온몸을 던져 막아냈——."

"경상이다. 별것 아니야."

미스미스의 등 뒤에서 진이 불쑥 한마디 했다.

"아까도 보고했듯이 샤놀로테 전(前) 대장이 단신으로 돌격해왔다. 피해는 1층 및 2층의 기계병과 감시 카메라. 덤으로 보스의 찰과상."

"난 덤이야?!"

미스미스 대장이 자신의 왼쪽 어깨와 얼굴을 번갈아 가리키면서 말했다.

"이거 봐, 이 왼쪽 어깨! 총 맞았다니까?!"

"살짝 스쳤을 뿐이잖아. 침 발라두면 나아."

"이 얼굴! 노로한테 흠씬 두들겨 맞았어!"

"보스가 더 많이 때렸잖아. 심지어 기습적으로 박치기까지 했고."

"진 군은 대체 누구 편이야?!"

"——뭐, 대충 이 정도다. 이쪽의 상황은."

아주 가볍게 대꾸하던 진이 갑자기 눈을 가늘게 떴다.

이스카와 네네에 뒤이어 나타난 사람 그림자——.

우선 따라온 사람은 앨리스와 키싱. 그리고 주목할 만한 사람은 그 뒤의 인물이었다. 좌우 두 명의 왕녀 사이에 끼어서 걸어오고 있는 감청색 머리카락의 왕녀.

"보고는 들었지만, 아주 엄청난 거물을 잡아왔군."

태양의 미젤히비.

스노 더 선(눈과 태양)에서 한 번 만난 상대였다. 진의 표정이 날카로워진 것도, 또 미스미스가 헉 하고 숨을 들이마신 것도 당연했다.

"…………."

한편 미젤히비는 말이 없었다.

왜냐하면 미젤히비는 다다미가 수십 장이나 깔린 큰 방의 가장 깊숙한 안쪽을 응시하고 있었기 때문이다.

『제군, 잘 돌아왔어.』

좌식 의자에 한쪽 팔꿈치를 걸치고 편하게 앉아 있는 은색 수인(獸人)——.

천제 융메룽겐이 그곳에 있었다.

『평소 같으면 "기다리다 지쳤어"라고 말했을 테지만. 이번에는, 글쎄. 신선한 인물을 데려오니까 신기해서 눈이 번쩍 뜨이네. 태양의 왕녀 미젤히비. 너는 이 제국한테 맹독과 약, 둘 중 무엇이 될 생각이야?』

"…………."

미젤히비가 고개를 들었다.

양손이 구속된 상태로 앞머리를 슥 넘기고, 쏘아보는 듯한 얼굴로 은색 수인을 뚫어져라 응시하더니──.

"당신이 천제인가?"

『응?』

미젤히비의 한마디를 듣고 천제는 한쪽 눈만 크게 떴다.

『멜른의 모습을 보고도 놀라지 않는구나.』

"그래, 미안하지만."

천제를 똑바로 보는 미젤히비.

"재액의 힘으로 「변한」 사람은 질릴 정도로 많이 봤으니까."

『하하. 너희 당주가 그렇게 되지 않아서 다행이구나.』

"……봤어?"

『여긴 제국이야. 멜른이 모르는 것은 없어. 뭐, 그나저나.』

천제 융메룽겐이 한쪽 무릎을 세웠다.

그 무릎을 양손으로 감싸 안는 듯한 자세로.

『두세 가지 물어보고 싶은 것이 있어. 사실 네뷸리스 황청의 왕가 중에서도 히드라는 이단이잖아? 재액의 힘을 원한다는 점에서는 팔대사도와 이해관계가 일치했고, 수십 년 동안이나 호시탐탐 기회를 노리고 있었지. 그 목적은 황청을 수중에 넣는 것. 어때, 내가 제대로 이해한 거 맞아?』

"아마도 맞겠지."

음색조차 달라지지 않고 태연하게 미젤히비는 천제의 말을 받아들였다.

태양과 팔대사도야말로 음모의 주모자였다고. 이것은 천제 융메룽겐이 심판을 하는 자리이며, 대답에 따라서는 자신의 목숨도 위험해지는 것을 다 각오하고서.

"단, 그것은 선대까지의 이야기야."

『흠?』

은색 수인이 눈을 가늘고 날카롭게 떴다.

『현재의 당주 탈리스만은 다르다는 거야?』

"목적이 달라."

『말해봐.』

"탐구심이야. 숙부님의 행동 동기는 정복욕이 아니야."

진짜 마인으로 변해서——.

태양의 당주 탈리스만은 앨리스와 키싱에게 이런 말을 했었다.

"새로운 지식의 시대가 곧 열릴 거야!"

"내가 보기에는……."

미젤히비가 입술을 꽉 깨물었다.

"숙부님은 당주라는 입장을 버거워하시는 것 같았어. 그분은 날 때부터 연구자였으니까."

『하지만 피험자에 대한 실험을 진행했잖아?』

"2대 전부터 이어져온 실험이었으니까. 하지만 숙부님의 관심사는 힘이 아니었어. ……내가 직접 숙부님께 여쭤봤거든. 재액을 어떻게 하고 싶으시냐고."

그러자 당주는 이렇게 말했다.

"단순히 연구하고 싶은 거야. 이 별에서 가장 거대한 존재를 완벽하게 파악하고 싶어."

비범한 연구열——.

그것이야말로 탈리스만의 본질이자, 팔대사도와의 차이점이었다.

별의 재액을 '이용하고 싶다'고 생각한 팔대사도.

별의 재액을 '완벽하게 알고 싶다'고 생각한 탈리스만.

"그러니까 숙부님의 목적은 재액을 연구하는 것. 그 최종 목표는 사역이었어. 이것을 어떤 의미로 받아들일지는 그쪽이 알아서 결정해."

『그럼, 너는?』

한쪽 무릎을 끌어안고 있는 은색 수인의 동공이 확 가늘어졌다.

짐승의 눈구멍.

그야말로 사냥감을 품평하는 육식 동물처럼 예리하게 벼려진 시선이었다.

『너는 어때? 지금의 네가 재액에 대해 품고 있는 감정. 그게 무엇인지 듣고 싶어.』

"…………."

태양의 왕녀가 입을 다물었다.

그 머리부터 발끝까지, 또 표정에서 드러나는 순간적인 사소한 느낌까지도 전부 다 천제 융메룽겐에게 관찰당하는 가운데.

"솔직히 말해서 나를 불쾌하게 만든 것은 일리티아이지, 재액이 아니야."

『지금까지는, 그랬다는 거지?』

"그래."

천제의 시험하는 듯한 말투. 미젤히비는 휴 하고 숨을 내쉬었다.

"나는 그토록 비참한 모습으로 변해버린 숙부님을 보고 싶지 않았어. 그것이 재액의 힘이라면, 이 별에서 영원히 사라졌으면 좋겠어."

『……응, 그렇다면 좋아.』

한 번 고개를 끄덕이더니 은색 수인이 느긋하게 다리를 풀었다.

편안하게 책상다리를 하고 앉아서.

『지루한 질문은 끝났어. 자, 이제 본론으로 들어갈 텐데. 너를 여기로 부른 이유를 설명할 필요가 있을까?』

"필요 없어."

미젤히비는 즉답했다.

그리고 자신의 두 손목을 구속하고 있는 수갑을 보란 듯이 치켜들었다.

"나를 살려둔 것은 이용 가치가 있기 때문. 일리티아와 재액을 쓰러뜨리기 위해서 내 힘이 필요한 거지?"

『싫어?』

"내가 좋고 싫음으로 뭔가를 판단하는 사람처럼 보여?"

이 자리에 있는 모든 사람이 확신하고 있었다.

태양의 왕녀 미젤히비는 천제의 이야기를 받아들일 수밖에 없다는 것을.

뉴턴 연구실장과의 협상에서 이미 밝혀졌듯이, 제국은 당주 탈리스만과 비소와즈를 치료한다는 명목으로 포로로 삼았다.

그러니까 미젤히비는 무슨 이야기가 나와도 고개를 끄덕이는 것 외에는 선택지가 없었다.

다만——.

"오히려 당신들이 문제잖아?"

미젤히비는 그 자리에서 몸을 돌렸다.

배후에 정렬하고 있는 이스카, 네네, 진, 미스미스 대장을 차례차례 둘러보더니 마치 품평하듯이 냉소를 지었다.

"제국군의 입장에서 나는 증오스럽고 위험한 마녀야. 이런 나를 신용할 수 있겠어? 저기, 제국군 병사 씨. 나를 믿고 등 뒤를 맡길 수 있겠어? 일리티아와 싸울 때 불리해지자마자 내가 혼자 꼬리를 말고 도망친다면——."

"피차일반이야."

미젤히비의 말이 끝나기도 전에 이스카가 불쑥 끼어들었다.

"너야말로 우리 제국군을 믿을 수 있겠어? 미젤히비. 재액과 일리티아 앞에서 우리가 너만 남겨두고 퇴각할 것이다. 그런 생각은 안 해봤어?"

"!"

"네 입에서는 그런 말이 나오지 않았지. 그렇다면, 사실 넌 이미 각오를 다진 거잖아? 도망치지 않겠다고."

"   ."

기나긴 침묵.

이곳에 있는 사람들의 시선이 끊임없이 쏟아지는 가운데. 미젤히비는 갑자기 입꼬리를 끌어 올렸다.

"좋아, 제국군 병사는 저렇게 말하는데. 당신들은 어때? 정말로 나와 사이좋게 일을 할 수 있을 거라고 생각해?"

앨리스와 키싱.

두 왕녀를 보면서, 도발적이라고도 할 수 있는 조소를 띠며 말했다.

"허울 좋은 가식 따윈 집어치우자. 쭉 3대 왕가라고 불리긴 했지만, 지난 100년 동안 히드라(태양)와 조아(달)와 루(별)가 결속했던 적은 한 번도 없었어. 안 그래? 그저 어떻게 여왕 선발에서 상대를 탈락시킬까? 하는 생각으로 머릿속이 꽉 차 있었지. 그런데 나를 믿고 등 뒤를 맡길 수 있겠어?"

"애초에 그럴 필요는 없습니다."

시원스러운 즉답.

그것은 지금까지 계속 침묵을 지키던 키싱의 대답이었다.

"결속이든 신뢰든 다 필요 없습니다. 미젤히비. 당신의 존재의 의는 그저 당신의 『광휘』로 저와 앨리스리제의 능력을 향상시키 는 거니까요."

천천히 고개를 옆으로 흔들면서.

"당신은 역할만 다하면 더 이상 필요 없어요. 일이 끝나면 숨어 있어도 됩니다."

"……제법 말을 잘하네."

"단."

달의 왕녀가 손을 쓱 들어 내밀었다.

태양의 왕녀를 향해. 일단 "악수합시다"라고 말하는 것처럼.

"당신이 정말로 같이 싸우길 바란다면, 저는 그 생각에 응할 마 음은 있습니다. 탈리스만 경을 상대했던 그때처럼."

"……!"

"그리고 한 가지 가르쳐주자면, 적이었어도 같이 싸울 수 없는 것은 아닙니다. 그렇게 따지면 저는──."

손을 내밀었던 키싱이 빙글 몸을 돌렸다.

도대체 언제 온 걸까.

야성미 넘치는 풍모의 여자 제국 병사──사도성 제3위 메이 가 천제의 방 입구에서 팔짱을 끼고 서 있었다.

"저는 저기 있는 제국 병사한테 수천 발이나 되는 총알 세례를 받았습니다. 이런 원수하고도 어쩔 수 없이 손을 잡고, 제국군에

협력하고 있는 거죠."

"뭐? 아니, 마녀 아가씨가 가시로 나를 공격하려고 했잖아?"

"먼저 침략한 것은 제국군입니다."

"말은 참 잘한다. 그 현장에 희희낙락 나타났던 주제에."

"그건 사실이──."

"왜? 사실이잖아."

뜬금없이 말싸움이 시작됐다.

그렇게 생각한 직후에.

"……나도 그래."

앨리스가 살며시 한숨을 쉬었다.

말싸움을 하는 두 사람 옆에 있어서 그런가. 희미하게 떠오른 그 어색한 쓴웃음이 유난히 두드러져 보였다.

"적이었던 제국 병사와 같이 싸우는 것은 익숙해."

적이었던.

그것은 얼마나 큰 의미를 지니고 있을까──.

이스카가 그런 생각을 하려고 했을 때.

"정말 이해가 안 되네."

미젤히비가 고개를 확 젖혀 하늘을 우러러봤다.

그리고 자신의 양손을 구속하고 있는 수갑을 자세히 들여다봤다. 그 입가에는 묘하게 후련해 보이는 쓴웃음이 떠올라 있었다.

"제국과 황청은 대체 언제부터 그렇게 사이가 좋아진 거야?"

『글쎄, 너도 그렇게 될지도 모르지?』

쿡쿡 웃는 은색 수인.

『사이좋은 친구가 되라고는 안 할게. 그냥 사이좋게 지내주기만 하면 되는 거야.』

"친구 놀이는 딱 질색이야."

미젤히비가 양손을 들어 올렸다.

이 수갑을 풀어라. 그런 뜻이었다.

"친구 놀이를 할 시간 따윈 없어. 일리티아는 별의 중추로 가고 있으니까. 그 괴물이 재액과 접촉하기 전에 따라잡아야 해."

『그래, 그거야.』

책상다리로 앉은 채 천제는 팔짱을 꼈다.

그 시선이 향하는 곳은 벽. 그러나 모두가 눈치챘을 것이다.

천제가 바라보는 방향은——.

『과연 황청은 움직일까? 우리 제국이 그럴 마음을 먹더라도, 저쪽이 결단을 내릴 수 있을까?』

휴전이 필요한 것이다.

제국군은 총력을 다해 별의 중추로 갈 것이다.

그러면 당연히 제도는 무방비해질 터. 그때 황청이 쳐들어오면 모든 것이 끝장난다.

그러니까——.

"린, 내 통신기를 가져와줘."

모두가 지켜보는 가운데.

앨리스는 시종 린이 건네주는 통신기를 받았다.

"내가 직접 여왕 폐하께 이야기하겠어. 번거로운 협상 따윈 시간 낭비야."

같은 시각――.
네뷸리스 황청에서.
현 여왕 네뷸리스 8세는 인생 최대의 선택의 기로에 놓여 있었다.

3

네뷸리스 왕궁.
아침 햇살이 비치는 여왕의 방은 서늘하고 고요했다.
방금 전까지는――.
이곳에 시끄러운 손님이 와 있었지만.
"……시조님도 참 부산하시네요. 차를 준비할 시간도 주지 않으시다니."
검게 갈라진 허공.
방금 시조 네뷸리스가 사라져간 시공의 틈새를 쳐다보면서 현 여왕은 탄식했다.
밀라베어 루 네뷸리스 8세.
루 가문의 당주. 그리고 장녀 일리티아, 차녀 앨리스, 삼녀 시스벨의 어머니이기도 했다.

"……도, 도대체 이게 뭐죠?!"

마침내 정신을 차리고 소리를 지르는 시스벨.

"어마마마, 안 쫓아가도 돼요?! 시조님이 천제의 서간을……
그건 제가 가지고 돌아온 건데요!"

"융메룽겐. 그 자식은 이렇게까지 해서 나를 끌어들이려는 건가."

"그 서간을 넘겨라."

겨우 몇 분 전에 일어난 일이다.

독립국가 알사미라에서부터 여기까지 제907부대의 호위를 받
으면서 움직이던 시스벨은 마침내 황청에 돌아오게 되었다.

천제 융메룽겐이 시스벨에게 맡긴 서간을 가지고.

──세계지도.

거기에는 세 개의 볼텍스가 표시되어 있었다.

1. 제도에서 탄생한 세계 최고(最古)의 볼텍스『별의 배꼽』.

2. 대륙의 북쪽 끝에 있는 볼텍스『그레고리오』.

3. 비경(祕境) 카탈리스크 오염 지역에 있는 볼텍스『이클립스(월식)』.

이 지도를 믿는다면.

별의 중추로 연결되는 볼텍스는 총 세 개. 그 끝에서 일리티아
가 기다리고 있다.

"……그 서간은 어마마마의 것인데."

"괜찮아요, 시스벨. 이미 내 머릿속에 집어넣었으니까요."

의기소침해진 딸을 보면서 밀라베어 여왕은 일부러 고개를 크게 끄덕거렸다.

그보다도——.

이렇게 시조가 서간을 빼앗아갔다는 사실 자체가 주목할 만한 것이었다.

"그게 진짜였던 거군요."

"네? 저, 어마마마, 무슨 말씀이시죠?"

"시스벨. 미안하지만 나는 당신이 천제에게서 받아왔다고 하는 그 서간에 대해 반신반의하고 있었습니다."

제국이 시스벨을 조건 없이 풀어줬다.

거기에도 무슨 속셈이 숨어 있는 게 아닐까? 여왕으로서 온갖 권모술수에 신경 쓰지 않을 수 없었다. 그 서간도 어쩌면 함정이 아닐까…….

그런 의심이 시조의 태도를 보고 싹 사라졌다.

"시조님은 그 서간을 믿었습니다. 아마도 이 별에서 가장 제국을 증오하는 그 사람, 시조님이 말이에요."

즉, 그것은 진짜인 것이다.

별의 중추로 이어지는 세 개의 볼텍스는 제국한테도 최고로 중요한 기밀이었을 터. 그것을 일부러 황청에 가르쳐줬다. 그 의미는…….

"설마 그 제국이, 마녀인 우리에게 협력을 요청하는 건가요?"

"……그렇다고 생각합니다."

시스벨이 조용히 주먹을 쥐었다.

비창한 빛이 담긴 눈빛으로.

"일리티아 언니는 완전히 괴물이 되어버렸습니다. 천제 융메룽 겐도 그것을 경계하고 있어요……."

"그런가요."

여왕은 그제야 이해했다.

천제가 자기 딸을 풀어준 진짜 이유는 바로 이것이었다.

볼텍스의 장소를 가르쳐주기 위해서가 아니었다. "제국은 황청과 (지금 당장은) 싸울 생각이 없다"라고. 딸의 입을 통해 증언시키기 위해서였다.

"……왠지 기묘한 기분이 듭니다."

자신을 쳐다보는 딸 앞에서 밀라베어는 미간을 찌푸리며 말했다.

"내가 아는 제국과는 좀 달라요. 그 천박하고 무자비한 제국군한테 도대체 무슨 일이 있었던 걸까요……."

일리티아를 그냥 내버려둘 수는 없다.

그것은 여왕으로서, 어머니로서. 어떤 입장이든지 변함없는 생각이었다.

하지만——.

황청에서 대대적으로 병사를 내보낼 수는 없다.

일리티아와 싸우다가 조아의 정예군이 괴멸했다. 그 이야기가 진실이라면, 황청의 동지들을 그런 위험에 노출시킬 수는 없는 것이다.

"제국이 병사를 내보낸다면, 그것은 귀중한 전력이 될 테지만……."

그래서 고민스러웠다.

그동안 황청과 제국 사이에 존재했던 100년이 넘는 「과거」를 생각해본다면, 어떤 사정이 있어도 그들과 손잡는 것은 용납되지 않는다.

아니, 용납되지 않았다.

"……지금은 그게 가능해지고 말았어. 나의 독단으로."

조아에서는 당주 그로울리와 가면 경이 쓰러졌다.

히드라에서는 당주 탈리스만과 미젤히비가 부재중.

여왕의 의사 결정에 이의를 제기할 사람이 어쩌다 보니 다 사라진 것이다.

"……제국과의 협력관계를 맺어야 할지, 어떨지."

일단 확실한 것이 하나 있었다.

제국과 같이 싸우는 길을 선택할 경우, 국민의 찬동을 얻기란 불가능에 가깝다는 것.

별의 재액의 존재. 일리티아의 만행.

이런 이야기를 국민에게 믿으라고 하는 것은 너무나 어려운 일.

……그러니까 제국과 협력하는 길을 선택한다면, 나는 국민한

테 미움을 받게 될 테죠.

……루 가문의 존속조차 위태로워질 정도로.

앨리스와 시스벨도 황청에서 설 자리가 없어질 것이다. 그런 사태도 얼마든지 일어날 수 있다. 딸들을 그렇게 위험하게 만들 수는 없다.

"――――."

그렇다면.

제국과 같이 싸우자는 제안은 받아들일 수 없는 게 아닌가?

그런 생각이 울컥 치밀려고 했을 때, 여왕이 가지고 있는 통신기가 울리기 시작했다.

『여왕 폐하, 저예요. 앨리스입니다.』

"앗, 앨리스 언니?!"

"――네, 나는 여기 있습니다."

시스벨이 소리를 지르는 와중에 밀라베어 여왕은 일부러 냉정하게 말을 이었다.

앨리스는 현재 제국에 있다.

어머니와 딸로서 서로 대한다면, 제국군에게 그 관계를 들켜버릴 것이다.

"우선 무사한 것 같아서 안심했습니다. 제국에 침입한 히드라는 어찌 되었습니까?"

『탈리스만 경을 붙잡았습니다.』

"……! 그렇군요."

『미젤히비도 무력화했습니다. 지금은 제 옆에 있어요.』

"그래요, 잘했습니다."

히드라의 음모는 수도 없이 많았다.

비밀리에 재액의 힘을 연구했을 뿐만 아니라. 자신의 목숨을 노려 여왕의 방을 폭파했고, 심지어 시스벨 납치 사건의 주모자이기도 했다.

그 모든 일이——.

이제야 겨우 해결된 것이다.

『히드라에 대한 혐의도, 미젤히비가 전부 다 인정했습니다.』

"수고했어요. 앨리스. 이로써 소동의 근원을 제압하는 데 성공했군요."

『……외람된 말씀이오나, 여왕 폐하.』

통신기 너머에서.

앨리스의 음성에 날카로움이 섞였다.

『진정한 원흉이 남아 있습니다.』

"————."

일리티아, 그리고 재액.

실제로 지금 여왕은 그 일 때문에 가장 큰 딜레마에 빠져 괴로워하고 있었다.

반드시 막아야만 하는 것이 있다. 하지만 지금까지 존재했던 화근을 전부 다 무시하고, 제국과 같이 싸우는 것을 과연 받아들일 수 있을까?

"앨리스. 당신의 입으로 나에게 한 가지만 가르쳐주세요."

『네. 뭐든지.』

"당신의 눈앞에 있는 자들은, 믿을 만한 상대입니까?"

앨리스는 제국에 있다.

그것도 천제의 눈길이 닿는 범위 내에 있을 것이다. 이 대화도 천제나 제국 병사가 다 듣고 있을 것이다.

그럼에도 불구하고 묻고 싶었다.

"시스벨을 통해 천제 융메룽겐의 서간을 받았습니다. 나는 이것을, 재액을 타도하기 위한 협력 의사 표시라고 해석했습니다."

『……네.』

"하지만 나는 아직 결단을 내리지 못하고 망설이고 있습니다."

일리티아를 토벌하기 위한 전력을 강화하려면 '손을 잡아야 한다'.

황청의 역사와 국민 정서를 기준으로 말하자면 '손을 잡는 것은 불가능'.

여왕은 어느 쪽을 선택해야 할까?

"나는 역사밖에 모릅니다. 지금의 제국을 직접 본 당신의 관점에서는, 제국은 얼마나 가치가 있을까요."

『————.』

침묵하는 통신기.

그걸로 좋다. 금방 튀어나오는 가벼운 대답은 바라지도 않았다.

여왕이 원하는 것. 그것은 숙려를 거듭하면서 망설이고 갈등하다가 이를 악물고 쥐어짜낸 대답이었다.

『……여왕 폐하.』

"가르쳐줘요."

『저는 제국군을 믿고, 저의 등 뒤를 맡길 각오를 다졌습니다. 일리티아 언니를 막기 위해서는 제국군의 힘이 불가결하다고 판단했습니다.』

"!"

설마, 이렇게까지.

앨리스가 그런 결단을 내릴지도 모른다고 예상은 했었지만, 이토록 강한 의지를 드러낼 줄이야──.

『안 되겠네요, 앨리스리제. 당신이 나서봤자 해결이 안 돼요.』

『앗?! 잠깐, 키싱, 이야기 도중인데──.』

『여왕 폐하.』

통화 상대의 목소리가 바뀌었다.

앨리스보다 어리고 감정의 기복이 적은 소녀의 목소리. 이것은──.

"키싱 왕녀?!"

『네. 외람되지만 저도 말씀드리고 싶은 것이 있습니다.』

"……뭐죠?"

그렇게 대꾸하면서도 밀라베어 여왕은 자신의 귀를 의심하고 있었다.

조아의 왕녀 키싱.

가면 경에게 지나치게 의존한 나머지. 가면 경 없이는 혼자 복도에서 돌아다니지도 못하던 소녀였을 텐데.

『여왕 폐하는 제국과 같이 싸울지 말지, 아직도 망설이고 계시는 건가요?』

"아직도……?"

『폐하. 일리티아 타도 계획을 이미 세우셨습니까?』

"……아뇨. 아직 구체적으로는…….”

『소용없는 일입니다. 계획 따윈 떠오를 리 없어요. 왜냐하면 황청의 성령술사를 열심히 긁어모아봤자 단 한 명도 일리티아와의 싸움에는 적합하지 않을 테니까요.』

"그 이유가 뭐죠?"

『일리티아의 무서움을 아직 못 봤기 때문입니다. 듣지 못하셨어요? 저와 온 숙부님이 얼마나 허무하게 참패를 당했는지.』

"…………."

들었다.

키싱만이 아니다.

일리티아가 3대 왕가의 왕녀에게 무슨 짓을 했는지.

"네 곁에는 기사가 없어. 그것이 나를 이기지 못하는 이유야."
　──앨리스가 농락당했고.

45

"미안해. 키싱 양. 그렇게 겁먹은 눈으로 나를 쳐다보다니——."

——키싱이 겁에 질렸고.

"마음이 파괴되지 않는다면, 이제는 육체를 엉망으로 파괴하는 수밖에 없잖아?"

——미젤히비가 유린당했다.

별도, 달도, 태양도.

생각해보니 3대 왕가의 왕녀는 모두 다 한 번씩은 일리티아에게 패배했다.

『황청의 정예병은 일리티아의 무서움을 모릅니다. 루 가문의 장녀? 하하, 그 성대모사밖에 못 하는 왕녀가 조금 강해져봤자 뭘 할 수 있겠어? 기껏해야 그 정도로 인식하고 있겠죠. 그리고 무례한 이야기입니다만, 여왕 폐하. 당신도 마찬가지입니다.』

"!"

『제국과 협력하지 않아도 일리티아를 막을 수 있다. 그렇게 생각한 시점에서 폐하는 아직도 일리티아를 자기 딸이라고 여기면서 얕잡아 보고 있는 겁니다.』

욱신.

마음속 깊은 곳에 뭔가가 푹 꽂혔다.

예리한 통증. 그것이 무엇인지, 밀라베어가 스스로에게 물어볼 새도 없이——.

『이곳에 있는 자들은 다릅니다.』

달의 왕녀의 음성이 통신기에서 전해져왔다.

『천제, 사도성, 저와 앨리스도. 또 미젤히비도 일단 포함시켜두죠. 우리는 누구나 다 일리티아의 강함을 올바르게 두려워하고 있습니다. 그래서 맞서 싸울 수 있는 겁니다. 황청의 정예병들과의 차이점이 바로 그것입니다.』

"————키싱 왕녀."

『네.』

"어느새 젊은 시절의 가면 경과 비슷해졌네요."

『……네?』

어리둥절한 목소리.

방금 전까지의 그 유려한 말투는 어디로 가버렸는지. 너무나 아이답고 어린 목소리가 통신기 너머에서 들려왔다.

『……그게 무슨 뜻인가요? 폐하.』

"무럭무럭 잘 자라길 기대하겠습니다."

저도 모르게 쓴웃음을 지었다. 문득 떠올렸기 때문이다.

지난날의 가면 경——어떻게 제국을 멸망시키는가가 아니라, 어떻게 황청을 번영시키는가에 대해 열변을 토하던 소년 시절을.

"만약에 그가 제국을 멸망시킨다는 야망에 집착하지 않았더라면, 어쩌면 지금의 당신처럼 말했을지도 모릅니다."

『……저는 잘 모르겠습니다.』

"귀중한 이야기를 들려줘서 고마워요. 그럼 슬슬 다시 앨리스를 바꿔주——."

『실례합니다. 여왕 폐하.』

앨리스도 아니고 키싱도 아니었다.

통신기를 통해 들려온 세 번째 음성. 그것을 들은 여왕은 이번에야말로 눈을 크게 떴다.

"⋯⋯미젤히비 왕녀."

의외라기보다는, 참 잘도 자신에게 말을 걸었구나——라는 것이 솔직한 심정이었다.

애초에 히드라의 죄는 사라지지 않았다.

소중한 딸을 빼앗겼었다. 그래서 여왕인 자신이 얼마나 크게 분노했는지. 그걸 모를 정도로 둔감한 여자는 아닐 텐데.

『용서를 구할 마음은 없습니다.』

그것이 첫마디였다.

『저는 앨리스리제와 손을 잡으려고 합니다. 여왕 폐하가 반대하셔도 이 뜻은 굽히지 않을 겁니다.』

"일리티아가 미워서?"

『그렇습니다. 저는 이기기 위해서라면 누구든 가리지 않고 손을 잡을 겁니다. 조아든 루든, 제국이든 상관없어요.』

"⋯⋯당신까지 그런 말을."

『당신까지? 그게 아닙니다.』

"네?"

그게 무슨 의미일까.

밀라베어가 의문을 표하려고 했는데, 그와 동시에――.

『모든 왕녀가 결의했어요. 아시겠어요? 여왕 폐하. 당신만 결단을 못 하고 있는 겁니다.』

"!"

목구멍에서 소리가 흘러나올 뻔했다.

루와 조아와 히드라――차세대를 책임질 왕녀 세 사람이 모두다 제국과 협력하기로 결심했다. 그런데 여왕만 결단을 내리지 못하고 있다.

그런 현실이 눈앞에 들이밀어졌고.

"……끝까지 상대의 말을 실컷 듣기만 했네요."

"저, 저기요, 어마마마?"

"통화가 끊겼습니다."

미젤히비가 일방적으로 통화를 끝내버린 것이다.

침묵하는 통신기를 손에 쥔 채 밀라베어 여왕은 고개를 옆으로 흔들었다.

"히드라에 대한 처벌도 생각해봐야겠죠."

"……마, 맞아요, 그거예요!"

시스벨이 여왕의 방의 문을 가리켰다.

정체불명의 폭발로 인해 과거에는 원형을 알아볼 수 없을 정도로 찌그러졌던 문을.

"그 폭발 사건은 히드라 가문이 일으킨 겁니다. 저의 성령을 사용하면 실행범을 정확히 알아낼 수도 있어요.”

“고마워요. 시스벨. 다행히 그럴 필요까진 없습니다.”

히드라는 이미 궁지에 몰렸다.

여왕의 권한으로 전원 취조할 것이다. 당주 탈리스만 경이 부재중이므로, 히드라의 암약도 이제 자연스럽게 드러날 것이다.

다만──.

이것으로 다 끝나는 게 아니다.

자신이 진정한 의미에서 대면해야 할 상대가, 아직 남아 있었다.

“…………”

숨을 내쉰 후.

밀라베어 여왕은 입술을 깨물면서 여왕의 방의 천장을 한동안 우러러봤다.

“나 혼자만 결단을 못 하고 있다. 과거에 얽매여 있다. 붙잡고 늘어질 용기도 없는 주제에.”

“……어마마마?”

“대꾸할 말이 없네요.”

시선을 다시 딸에게 돌렸다.

“그런데 시스벨. 히드라가 일으킨 사건 대신에 다른 것을 재현해줄 수 있나요?”

“네, 저한테 맡기세요!”

시스벨이 힘차게 고개를 끄덕이더니 탁! 하고 자기 가슴을 쳤다.

“그러려고 돌아온 거니까요. 저의 등불이라면 반경 300m 안의 영역에서, 지난 20년 이내에 있었던 과거라면 뭐든지——."

"30년 전 과거를 재현해주세요."

"3, 30?!"

시스벨이 놀라서 새된 소리를 냈다.

그러는 것도 당연했다. 방금 "20년 이내"라고 말했는데, 그 직후 그것을 완전히 뛰어넘는 "30년 전" 사건의 재현을 요구받았으니까.

"어마마마?! ……저, 그게…… 제가 재현할 수 있는 것은……."

"할 수 있잖아요?"

여왕은 자신을 쳐다보는 딸에게 부드러운 미소를 지으며 말했다.

이미 다 알고 있다는 것처럼.

"당신이 스스로 신고한 『등불』의 유효 범위. 실제로는 그보다 훨씬 더 오래되고 멀리 있는 사건까지도 재현할 수 있을 텐데요."

"……그, 그건."

"난 당신의 어머니니까요."

"……그건 어마마마답지 않은 발언이네요."

시스벨이 욱하면서 좀 불만스러운 듯이 입을 삐죽 내밀었다.

마치 소중한 비장의 마술 장치를 들켜버린 것처럼, 조금 부루퉁해진 표정으로.

"근거가 뭔지 여쭤보고 싶은데요."

"나도 마찬가지였으니까요."

생각해보면.

이토록 평온한 마음으로 딸과 대화하는 것이 도대체 얼마 만인지.

"자식은 부모에게 뭔가를 숨기는 것을 좋아하는 법이죠."

자식은 부모를 닮는다.

결국 이것이야말로 가장 크고 강력한 근거인 것이다.

……하지만.

……지금부터 보게 될 30년 전의 사건만은, 절대로 닮지 않았으면 좋겠다.

그 과거와 대면하는 것은 자기 혼자면 족하다.

여왕이 아니고, 어머니도 아니고.

한 명의 성령술사 소녀였던 자신의 과거와——.

"실은 나도 마찬가지랍니다. 시스벨. 나도 아무에게도 말하지 않고 비밀로 했던 과거가 있어요. 더 이상 보고 싶지 않다고 스스로 외면했던 과거가."

"……네?"

"나는 겁쟁이였습니다."

과거를 되돌아보는 것을 두려워했다.

혹시——.

혹시 자신이 인식하고 있는 과거가, 「진실」이 아니었다면——.

나는——.

그 사람에게 무슨 말을 하면 좋을지 모르게 되어버릴 테니까.

시스벨의 등불이 빛을 발했다.
밀라베어 루 네뷸리스 8세의 눈앞에 30년 전의 모든 진실이 되살아났다.

Chapter.2

『등불

　　―전투 인형이라고 불리던 왕녀는,―』

the War ends the world /
raises the world

1

마녀의 낙원『네뷸리스 황청』.

모든 성령술사의 낙원이라고 하는 이 신흥국가는 건국된 지 겨우 수십 년 만에 세계 최대의 국가『제국』과 어깨를 나란히 할 정도로 세력을 확장했다.

잘 훈련된 성령 부대와, 시조 네뷸리스에서 시작된 막강한 왕가.

황청과 제국의 싸움은——.

주변 국가들까지 끌어들이면서 앞으로 점점 더 확대될 것이다. 누구나 그렇게 예상했다.

——고로 여왕에게는 요구되었다.

압도적「강함」.

국민을 이끌고 제국군과 맞서 싸운다. 그 강함이야말로 여왕에게 요구되는 절대적 자격이었다.

———

네뷸리스 왕궁은 각각 백자처럼 하얗게 빛나는 네 개의 탑으로 구성돼 있었다.

별의 탑, 달의 탑, 태양의 탑이라고 불리는 세 개의 탑.

그리고 그 중심에 우뚝 서 있는 여왕궁에서는——.

"제군. 긴급 사태인데 이렇게 모여 줘서 고맙다."

냉엄하고 힘찬 여자의 목소리가 빛으로 가득한 회의실에 메아리쳤다.

원탁 주위에는 서른 명도 넘는 남녀가 모여 있었다. 황청의 정치를 담당하는 대신들, 성령 부대를 지휘하는 성령원(星靈院)의 대표.

그들에게 둘러싸인 채——.

보라색 옷을 차려입은 여왕 7세가 몸을 일으켰다.

"제13주 알카트루즈 부근의 국경에서 제국군의 첩보 부대로 추정되는 집단이 발견됐다. 이곳은 황청의 주로 편입된 지 얼마 안 되었지. 국경 검문소만 통과한다면, 제국 병사가 숨어 있기 딱 좋은 장소야. 고로 인원과 설비를 둘 다 강화할 필요가 있는데……."

원탁의 멤버들을 둘러보더니.

"느긋하게 담당관을 정할 시간은 없어. 여왕의 특권으로 내가 지휘관을 결정하도록 하겠다. 이의 있는 사람?"

아무도 입을 열지 않았다.

여왕의 안광은 그 정도로 압력이 강했다.

——현 여왕, 카산드라 조아 네뷸리스 7세.

조아의 당주이자 현 여왕.

　화염 성령술사로서 당대 최강이라고 칭송받고, 왕녀 시절에는 제국군과의 싸움에서 셀 수 없이 많은 무훈을 세운 베테랑 전사였다.

　"좋다. 그럼 전원의 동의하에 이 건은——."

　"……외, 외람되오나, 여왕 폐하."

　회의실 벽 쪽에서.

　검은 양복을 입은 시종이 여왕의 눈치를 살피는 것처럼 조심스럽게 입을 열었다.

　"……전원은 아닙니다."

　"뭐?"

　"죄송합니다만, 밀라베어 왕녀님이 아직 출석하지 않아서……."

　그 남자 시종이 가리킨 것은 눈앞에 있는 자리였다.

　빈자리 하나.

　그렇다. 회의는 벌써 옛날에 시작됐는데도 「밀라베어 루 네뷸리스 8세」라고 적힌 명패만 그곳에 뒤집힌 채 놓여 있었다.

　"뭐라고?!"

　여왕의 음성에 노기가 섞였다.

　현 네뷸리스 여왕은 조아의 혈맥.

　한편 회의실에 나타나지 않은 왕녀는 루의 혈맥이었다. 다른 가문이 회의를 방해하다니. 여왕이 불쾌해하는 것도 당연했다.

　"슈바르츠! 이번에도 또, 또 밀라베어냐?!"

"죄, 죄송합니다! 아가씨가 회의실 앞에서 갑자기 탈주하는 바람에…… 현재 전력으로 찾고 있습니다……."

깊이 고개를 숙이는 중년 시종 슈바르츠.

그렇게 꾸벅 인사하고 나서 그도 회의실 밖으로 뛰쳐나갔다. 그곳에는 별의 시종들이 몇 명이나 대기하고 있는 상황이었다.

"아가씨는 어디 계시지?! 다들 좀 도와줘!"

"…………어휴. 또?"

"…………밀라베어 님은 한번 사라지면 진짜로 찾기 어려운데."

"포기하지 마, 어서 찾아!"

발걸음이 무거운 시종 동료들을 질타하더니 슈바르츠는 복도를 질주하기 시작했다.

"지난 2년간의 통계상, 낮에 탈주했을 경우에는 안뜰에서 낮잠을 주무시고 계실 가능성이 가장 높아. 옥상에서 일광욕한다는 선택지도 잊으면 안 돼. 성 밖으로 도망쳤을 가능성도 있고, 그 외의 선택지도 부정할 수는 없어!"

"…………결국 아무것도 모른다는 거잖아."

"…………그러니까 밀라베어 님의 목에는 방울을 달아둬야 한다니까."

"됐으니까 뛰어! 단, 발소리를 들으면 아가씨가 도망치실 거다. 붙잡을 때에는 발소리를 죽이고 포위한 다음에 해야 해!"

한층 더 소란스러워지는 복도.

슈바르츠를 포함한 시종들이 뛰어가는 발소리가 울려 퍼지는 가운데——.

"시끄럽네."

조그맣게.
한마디 중얼거린 그 앳된 목소리를 눈치챈 사람은 없었다.
이제 막 슈바르츠가 뛰어 지나간 복도. 그 복도의 천장에서 빛나는 호화로운 샹들리에를 해먹처럼 깔고 누워서.
"……회의는 싫어요."
밀라는 하품 섞인 말투로 그렇게 중얼거렸다.
루 가문의 제1왕녀 밀라베어 루 네뷸리스 8세——아직 애티가 남아 있는 열네 살 소녀는 왕가의 이단아라고 할 만한 존재였다.
짧은 금발은 엉망으로 흐트러진 까치집 상태. 빗질을 한 흔적조차 없었다.
벌써 3일이나 목욕탕에 들어가지 않았다.
한창 멋 부릴 나이의 소녀인데도 화장을 싫어하고, 화려한 드레스를 싫어하고, 오로지 전투 특화 의상만 좋아하는 별종이었다.
"……흐암."
또다시 크게 하품을 하고.
밀라는 샹들리에 위에 드러누워 눈을 감았다.
"밀라베어 님!"
"밀라베어 왕녀님, 어디 계세요?!"

"_____."

물론 대답은 하지 않았다.

"……그 이름으로 부르지 마."

밀라베어라는 이름은 싫었다.

발음하기 어려운 데다가 어감이 아름답지 않은 느낌이 들었다.

굳이 부를 거면 밀라라고 부르면 좋겠다. 그래 봤자 왕녀인 자신에 대한 외경심 때문에, 그 밀라란 호칭은 좀처럼 널리 퍼지지 않았지만.

"……그래요, 됐어요."

세 번째 커다란 하품.

오후의 자율 훈련 시간까지 잠이나 자자. 샹들리에 위에서 작은 몸집을 잘 이용해 밀라는 누워서 뒹굴뒹굴했다.

그리고 같은 시각——.

"슈바르츠? 내 딸의 교육은 어떻게 되어가고 있는 거죠?"

네뷸리스 왕궁, 별의 탑.

당주의 개인실 「별들의 마천루」——.

밤이 되면 만천의 별들이 다 보이는 유리 천장이 마치 플라네타륨 같은 경관을 보여준다고 알려진 공간이었다.

"듣자 하니 밀라가 또 회의에 결석했다고 하던데요."

침대에 드러누운 중년 여인이 맑은 창궁을 쳐다보면서 우려의 한숨을 내쉬었다.

　루 가문의 당주 리리엘 루 네뷸리스 7세.

　다름 아닌 밀라베어 왕녀의 어머니였다.

　"밀라는 찾았어요?"

　"……아뇨, 유감이지만."

　그렇게 대답하는 슈바르츠는 직립 자세였다.

　양복은 흐트러지고 이마에는 구슬 같은 땀이 맺혀 있었다. 방금 전까지 밀라를 찾아 이리저리 뛰어다녔기 때문이다.

　"루 가문의 시종들을 총동원해서 찾고 있습니다만, 안뜰에서도 옥상에서도 찾을 수 없었습니다. 아마 새로운 은신처를 발견하신 것 같습니다……."

　"이제 곧 회의도 끝나겠네요."

　"……죄송합니다."

　회의에 무단결석하는 왕녀는 역사상 단 한 명도 없었다.

　그것도 그저 낮잠 자고 싶어서 결석.

　밀라베어에게 찍힌 낙인은 「왕녀 실격」. 병사들과 대신들 사이에서도 콘클라베(여왕 성별 의식)의 탈락자가 벌써 나왔구나! 하고 웃음거리가 되고 있었다.

　"슈바르츠."

　당주 리리엘이 괴로운 듯이 탄식했다.

　"벌써 10년도 더 지난 옛날 일이지만요. 나는 콘클라베에서 조아의 카산드라에게 패배했습니다."

"…………네."

"내 딸 밀라베어는 부디 나의 염원을 이루어줬으면 좋겠어요. 여왕의 자리를 조아한테서 탈환한다는 염원을."

"명심하고 있습니다."

슈바르츠도 같은 것을 바라고 있었다.

3대 왕가 중에서 조아와 루는 오랫동안 여왕의 자리를 놓고 다투었다. 여왕의 자리를 탈환하고 싶다는 생각. 그것은 모두가 다 똑같이 품고 있는 목표였다.

그럼에도 불구하고――.

당사자인 밀라베어 왕녀는 저 모양이었다.

"슈바르츠, 딸이 저렇게 되어버린 이유가 뭐라고 생각해요?"

"이런 말씀을 드리기는 참으로 송구하옵니다만, 아가씨의 말에 의하면 왕녀로서의 교육 전반이 '못마땅하기' 때문이라고……."

"못마땅하다?"

"네. 예를 들면 저런 책 같은 것들 말입니다."

슈바르츠가 시선을 보낸 것은 당주의 침대 옆에 있는 서가였다.

거기에 꽂힌 책을 보면서――.

"법학, 경제학, 사회학, 역사, 세계지리. 전부 다 일국의 왕녀라면 마땅히 이수해야 할 과목입니다만, 아가씨는 전부 다 자신에게는 안 맞는다고 하셨습니다."

"밀라베어는 공부할 의욕이 없다는 겁니까?"

"……네. 다만 그 주장은 이해가 갑니다. 지식을 머릿속에 쑤셔

넣기만 하는 공부는 어른도 힘들어하니까요. 그래서 우선은 교양부터 익히시게 하기로 했습니다."

그림, 노래, 또는 춤.

이런 것들은 즐겁게 배울 수 있을 것이다. 그렇게 생각한 슈바르츠는 일류 강사들을 불러 모았다.

"그런데 아가씨는 도망치셨습니다. 그림이나 노래란 것은 강사의 가치관에 크게 좌우되기 때문에 자기 취향에 안 맞는다는 겁니다. 누가 봐도 절대적인 가치관으로 결정되는 것이 좋다고 하셨어요."

"흠, 구체적으로는 뭐죠?"

"……나무타기나 숨바꼭질입니다. 아가씨 말로는 승패가 확실한 종목이라고 하더군요."

들키면 패배.

이토록 절대적으로 누구나 쉽게 승패를 확인할 수 있는 것은 달리 없다.

교양이나 공부처럼 제삼자에 의한 가치관이 개입되지는 않는다.

그저 자신이 강하기만 하면 된다.

그래서 좋다는 것이다.

"믿을 수 있으시겠습니까? 저번에 숨바꼭질을 했을 때 아가씨는 자기 방을 개조하셨어요. 융단 밑에 자기만 숨을 수 있는 홈을 파놓고, 그 안에 다섯 시간이나 숨어서…… 결국 산소결핍이 되어 뛰쳐나오시기 전까지는 전혀 몰랐습니다."

"_____."

"그 전에 숨바꼭질을 할 때는 나무 위에 숨으셨고요. 그것도 온몸에 녹색 페인트를 처덕처덕 바르고…… 왕녀님이 말이죠."

루 가문의 시종들이 총출동해서 성안을 마구 뛰어다닌 것도 기억이 생생했다.

오랫동안 교육 담당으로 일했던 슈바르츠도 이렇게까지 다루기 힘든 왕녀는 처음이었다.

"난감하군요."

묵묵히 이야기를 듣고 있던 당주가 눈을 감았다.

그리고 감출 수 없는 우려가 섞인 목소리로 말했다.

"왕녀다운 교양과 품성은 부족하고, 가신의 신뢰를 받기도 어려울 테고. 기껏해야 우리는 그저 그 애가 강한 성령을 타고났기를 기도하는 수밖에 없겠네요."

"……네, 이견은 없습니다."

시조 네뷸리스의 혈맥은 대대로 강한 성령을 지니고 태어난다.

그러므로 다른 성령술사와는 구별해서 「순혈종」이라고 부른다. 밀라베어 왕녀도 틀림없이 그 피를 이어받았을 터.

"아가씨의 성문은 『바람』이었지요."

밀라베어의 성문은 목덜미에 있었다.

그것이 푸른색이며 바람에 해당하는 성령이란 것은 알았지만, 구체적으로 어떤 힘을 가지고 있는지는 아직 몰랐다.

"……아가씨도 이제 열네 살이십니다. 슬슬 성령의 힘을 발동시키실 수 있을 텐데요."

밀라베어는 힘을 사용하지 않는다.

아직 눈뜨지 못한 걸까. 당주이자 어머니인 리리엘한테도 밀라베어는 자신의 힘을 보여주려고 하지 않았다.

"슈바르츠."

당주의 음성에 힘이 실렸다.

"이제부터 내 딸에게 성령술 대인(對人) 훈련을 시키겠습니다."

"네엣?!"

슈바르츠의 목에서 저절로 소리가 새어나왔다.

시종으로서 하면 안 될 행위란 것을 알면서도 그는 주인에게 의문을 제기했다.

"하지만 아가씨는 아직 성령술을 발동시킬 수 있을지 없을지도 확실하지 않습니다. 실전 훈련은 성령술의 기초가 다져진 다음에 해야⋯⋯!"

성령술은 극도로 위험한 불장난 같은 것이다.

몸도 마음도 발전 도중인 어린이가 사용하면, 불장난의 불은 그 아이 자신을 삼켜버릴 것이다. 성령술을 제어할 수 있게 되기 전부터 실전 훈련을 한다는 것은 말도 안 된다.

"중간 과정을 너무 심하게 생략하는 거잖습니까? 그러면——."

"시간이 없어요."

슈바르츠의 결사적인 호소는 당주의 말에 가로막혀 무너졌다.

"내 딸에 대한 가신들의 신뢰가 땅에 떨어졌습니다. 이런 상황이 계속되게 놔둘 수는 없어요."

"……그, 그건."

"원점으로 돌아가는 겁니다. 여왕에게는 교양과 품성이 요구된다. 그러나 시조님 시대부터 콘클라베에서 정말로 중시된 선발 기준은———."

"……강하다는 것."

"네, 그렇게 되기를 바라는 겁니다. 내 딸이."

침상에 누운 당주가 고개를 끄덕였다.

"대인전 훈련 내용은 당신에게 맡길게요. 슈바르츠."

"……알겠습니다."

주인의 명령이다. 따를 수밖에 없다.

하지만 밀라베어 왕녀에게 실전 훈련을 시키는 것은 아무리 봐도 시기상조였다. 성령술사로서 각성했는지 어떤지조차 알 수 없는데.

"……아가씨가 순순히 훈련에 임해주실 거란 보장은 없습니다만."

즉시 도망쳐버리는 게 아닐까?

그 불안은———.

3일 후.

슈바르츠가 전혀 예상하지 못한 형태로 박살나게 되었다.

2

네뷸리스 황청, 중앙주.

머나먼 지평선 위에 드러누운 눈 덮인 산맥이 보이는 도시의 교외로.

"슈바르츠."

차창에 비치는 것은 평화로운 전원과 삼림.

초록빛으로 가득한 그 풍경을 멍하니 바라보면서 밀라는 운전석의 시종에게 말을 걸었다.

"어디로 가는 거죠?"

"루–에르츠 궁전입니다. 아가씨가 다섯 살 때 봄에 한 번 가보셨던 별장이에요."

"그런가요."

무심하게 그렇게 대꾸하면서.

밀라는 운전석을 힐끗 곁눈질로 봤다.

"그런데 슈바르츠. 오늘은 복장이 다르네요."

"……음?"

운전석에 있는 시종은 평소와 다름없는 양복 차림이었다.

양복은 주름 하나 없었고, 딱 불쾌하지 않을 정도로만 풍기는 향수 냄새도 여전했다.

"아, 어제는 회색 양복이었죠. 오늘은 검은색이니까요. 그런 뜻이라면——."

"양복 밑에 뭘 껴입고 있는 거죠?"

"?!"

끼익! 하고 승용차 타이어가 비명을 질렀다.

슈바르츠가 저도 모르게 온몸을 한순간 경직시키는 바람에, 액셀 페달을 밟던 발이 그대로 굳어버린 것이다.

"평소보다 옷이 좀 두꺼워 보여요."

"…………아가씨?"

"속옷과 셔츠 사이에 한 장 더 뭔가를 껴입고 있군요. 셔츠가 흰색이 아니라 푸른색인 것은, 안쪽에 입은 옷이 비쳐 보이는 것을 방지하기 위해서이고."

양복 가슴팍을 가리키더니.

핸들을 붙잡은 채 이쪽을 뚫어져라 보고 있는 시종을 향해 말했다.

"얇은 보디 아머군요. 바람이나 파동의 성령술에 대비해 사용하는 물건."

"……놀랐습니다."

시종이 꿀꺽 숨을 들이켰다.

"훌륭한 관찰안이십니다. 오늘은 법학 강의를 취소하고, 아가씨에게 성령술 공부를 시키게 되었습니다."

"공부가 아니라 실전이잖아요?"

"!"

"성령술 공부라면 왕궁에서 해도 되는데. 굳이 별장에 가서 한다는 것은, 이 훈련을 조아나 히드라에게 보여주지 않기 위해서죠. 즉, 나의 성령술을 남몰래 갈고닦기 위한 실전."

"…………."

시종은 할 말을 잃었다.

운전석의 핸들을 움켜쥔 채 아연실색한 얼굴로 이쪽을 쳐다보는 시종. 그를 향해.

"유감이지만, 슈바르츠."

밀라는 작게 중얼거렸다.

"나는 당신의 기대에 부응할 수 없어요."

루-에르츠 궁전.

돌담으로 둘러싸인 일대 전체가 이 고성의 부지였다. 골프장이라고 착각할 정도로 드넓은 그곳의 잔디밭에서.

"다행히 설명은 생략해도 되겠군요."

슈바르츠가 걸어가고 있는 목적지는 성이 아니라, 성 안쪽에 있는 숲이었다.

"이 별장에서 아가씨는 성령술 훈련을 하시게 될 겁니다."

"_____."

"당주님은 걱정하고 계십니다. 아가씨가 훌륭한 왕녀가 될 마음이 있으신가? 하고. 공부나 교양에 대한 호불호가 심한 것도 문제지만, 거의 매번 회의에 무단결석하시는 것이 가장 큰 문제입니다. 이러면 가신들의 신뢰를 얻기도 어렵다는 거죠."

"_____."

"아시겠습니까? 아가씨. 우리 루 가문은 2대 연속으로 콘클라베에서 조아 가문한테 졌습니다. 그러니까 꼭 설욕을 해주셨으면 좋겠습니다. 아가씨가 여왕이 되기 위해서는, 저와 당주님이 둘 다 마음을 독하게 먹어야만 한다. 그렇게 결론을 내린 겁니다!"

"_____."

"이제 아가씨가 여왕이 되기 위해 남겨진 길은 『무훈』입니다. 제국군과 싸워서 눈부신 전과를 올리면 틀림없이 그게 콘클라베에서 강력한 무기가 될 겁니다. 하지만 전장에는 언제나 죽음의 위험이 숨어 있죠. 저는 그동안 아가씨의 제멋대로인 행동을 못 본 척했지만, 이 훈련만은………… 으음?"

대답이 없었다.

슈바르츠가 그쪽을 돌아봤더니, 뒤에서 걸어오던 밀라가 어느새 숲의 다른 방향을 향해 뛰어가고 있었다.

"긴 이야기는 싫어요."

"아가씨————————이잇?!"

주저 없이 숲의 수풀 속으로 뛰어드는 밀라.

그 뒤를 쫓아 슈바르츠도 똑같이 수풀 속에 뛰어들었고——.

20분 후.

"헉…… 헉…… 아, 아가씨, 어때요? 이 숲은, 저희 집 마당이나 마찬가지…… 헉, 후유…… 지리적으로는, 제가 더 유리한 것 같네요……."

온몸에 나뭇잎이 들러붙은 슈바르츠.

그런 그에게 팔을 붙잡힌 채 밀라는 실망한 표정으로 서 있었다.

그에게 붙잡혔기 때문이 아니다. 이 시종이 필사적으로 숨을 고르느라 바빠서 아무것도 눈치채지 못하고 있는 것이 짜증났기 때문이다.

"둔감하긴."

"……헉…… 헉…… 네? 아가씨, 뭐라고요?"

"아무것도 아닙니다."

나는 호흡 하나 흐트러지지 않았는데. 그런 것도 몰라주는 것이다.

됐어, 그만하자.

애초에 성령술 훈련 따윈 질색이었다.

"자, 갑시다. 아가씨. 괜히 뛰어다니느라 빙 돌아서 가게 되었습니다만, 어쨌든 목적지까지 거의 다 왔습니다."

"――――."

걸음을 떼는 시종.

그러나 밀라는 나무들한테 에워싸인 채 꼼짝도 하지 않았다.

"슈바르츠. 나는 훈련을 할 마음이 없습니다. 왜냐하면――."

"아, 아뇨, 아가씨, 잠시만요. 굳이 말씀하시지 않아도 압니다."

시종이 뒤를 돌아봤다.

어휴 하고. 뭐든지 다 안다는 표정으로.

"처음부터 알고 있었어요. 이 훈련에 아가씨가 열의를 가지고 몰두해주실 거라고는 생각하지 않아요. 경제학이나 사회학 공부처럼 그냥 내팽개쳐버리실 테죠. 하지만 아가씨, 이 성령술만은 예외입니다. 이건 평범한 공부가 아니에요!"

"내가 하고 싶은 말은……."

"성령술이란 것은! 우리 성령술사들의 자랑입니다. 그리고 아가씨는 영광스러운 루 가문의 왕녀! 아직은 성령술을 발동시키지 못하더라도, 우선은──."

빠직.

슈바르츠의 머리 위에서 기괴한 소리가 났다.

"……응?"

빠직.

빠직, 빠직빠직빠지직…….

그 소리는 멈추기는커녕 점점 더 시끄러워지면서 슈바르츠의 전후좌우에서도 울려 퍼지기 시작했다.

"이, 이게 뭐지?! 벌레인가? 아니, 소리가 너무 큰데……."

"대기(大氣)입니다."

"네?!"

"내 성령은『충격』. 대기에 간섭해 공기의 단층 현상을 일으키는 것."

나무에 에워싸인 밀라.

그 모습이 아지랑이처럼 흔들리는 광경을 보면서 슈바르츠는 자신의 눈과 귀를 의심했다.

설마

"성령술이란 것은, 이런 겁니까?"

딱.

밀라가 손가락을 튕겼다. 그 순간——.

소용돌이치는 대기가 폭풍같이 역회전을 하기 시작했다.

회오리바람같이 뒤틀린 맹렬한 바람이 거대한 나무줄기들을 마치 종이빨대처럼 가볍게 비틀면서 차례차례 두 동강을 냈다.

"몸을 숙이는 게 좋을 거예요."

"뭐, 뭐라고요?!"

반경 수십 미터——.

지면에 납작 엎드린 슈바르츠가 이윽고 조심조심 고개를 들었을 때. 그곳에는 더 이상 숲은 없었다.

나무들이 모조리 줄기 중간부터 비틀려 뜯겨 나가버린 것이다.

숲의 한 부분이 소실됐다.

"…………아…… 아가씨…….."

바닥에 무릎을 꿇은 채 일어나지 못했다.

그야말로 뒤통수를 맞은 것처럼 경악했다. 슈바르츠는 눈앞에 있는 왕녀를 그저 멍하니 쳐다볼 수밖에 없었다.

"성령술을…… 이미, 습득하신 건가요…… 대체 언제…….."

아니, 아니다.

정말로 괄목할 만한 것은 따로 있었다. 숲을 반파시킨 저 위력. 그리고 정밀도도.

나무들을 썩둑썩둑 베어버린 대기의 칼날. 그러나 슈바르츠와 밀라가 서 있었던 가로세로 1m밖에 안 되는 공간만은 거짓말같이 무풍 지대였다.

귀신같은 솜씨.

그렇게 표현할 수밖에 없는 정밀한 제어력이었다.

──만약에.

──만약에 이 왕녀가 호기심에 사로잡혀 이런 성령술을 네뷸리스 왕궁에서 사용한다면.

대참사일 것이다.

그 어떤 순혈종이나 성령 부대의 정예병들이라도, 이 보이지 않는 거대한 낫을 순간적으로 피할 수 있는 사람이 과연 몇 명이나 있을까.

"……아가씨. 도대체 누구입니까……?"

"응?"

"아가씨에게 성령술을 가르쳐준 사람 말입니다. 좀 전의 그 기술. 아가씨 나이에 습득할 수 있는 수준이 아닙니다. 그러니까 꽤 유명한 실력자가 있는 게 아닌가 하고요."

"심심풀이였습니다."

"……네?"

"낮잠 잘 때 틈틈이 익혔습니다."

무표정하게 대답하는 왕녀 앞에서 슈바르츠는 이번에야말로 할 말을 잃었다.

독학?

위대한 선구자들의 지혜를 빌리지도 않고 이 나이에, 이 정도 수준까지 실력을 향상시켰단 말인가?

"아니, 이 얼마나 엄청난 재능입니까? 아가씨!"

슈바르츠는 벌떡 일어났다.

무릎에 묻은 흙먼지를 터는 것조차 잊어버리고, 숲에 울리도록 우렁차게 소리를 냈다.

"제가 눈뜬장님이었습니다. 아가씨의 재각은 우리 황청에 엄청난 힘이 되어줄 겁니다. 이 능력을 잘 살리면 콘클라베에서도——."

"싫어요."

"…………네?"

"성령술로 노는 것은 이제 지겨워졌어요."

밀라의 그 말의 의미——.

이미 성령술로는 충분히 놀 만큼 놀았다. 오랫동안 교육 담당을 맡아왔던 슈바르츠이기 때문에 밀라의 그런 진의를 눈치챘고, 그 순간 소름이 끼쳤다.

숨바꼭질이나 술래잡기를 하면서 밀라가 자주 모습을 감췄던 이유.

성령술로 혼자 놀고 있었던 것이다.

——다른 왕녀가 제왕학에 투자했던 시간과 노력을 전부 다.

——밀라는 성령술을 장난감 삼아 노는 데 쏟아부었던 것이다.

그리고 이제는 질렸다고 말한다.

"아니, 하지만 아가씨! 아가씨의 그 재능은……?!"

목소리가 얼어붙었다.

어느새 큼직한 나이프가 슈바르츠의 목을 겨누고 있었던 것이다.

밀라가 손에 쥔 나이프가.

"……아, 아가씨?"

"슈바르츠. 나는 전투술이 재미있다고 생각하게 되었어요."

나이프를 거두는 밀라.

그러나 "재미있다"고 말하면서도, 그 커다란 보석 같은 두 눈동자에는 감정이라곤 전혀 깃들어 있지 않았다. 마치 인형 같았다.

"근접 전투술입니다. 성령술은 나에게 가르쳐줄 수 있는 사람이 없으니까 자습했습니다. 하지만 격투기라면 지도자가 있을 테죠? 찾아봐주세요."

"…………."

슈바르츠는 선뜻 고개를 끄덕이진 못했다.

밀라베어 왕녀가 관심을 가질 만한 대상을 발견했다. 교육 담당으로서 이렇게 기쁜 일은 없을 것이다. 그러나 또 한편으로는——.

이게 정말로 옳은 일일까?

골격이 되는 「사람」으로서의 도덕도 품격도 없이, 밀라베어가 원하는 대로 성령술과 전투술만 계속 가르친다. 그것이 결국 올바른 성장으로 이어질 수 있을까?

그런 슈바르츠의 두려움이——.

현실이 된 것은 겨우 반년 후의 일이었다.

3

네뷸리스 황청, 여왕궁.

회의실에는 숨 막히는 고뇌가 가득 차 있었다.

"제11파견대의 보고. 제국군 전차 부대의 침공으로 인해 작전 기지를 파기. 후퇴하면서 제2기지에서 항전하는 중."

거기까지 보고서를 읽은 후——.

성령 부대 전체를 통솔하는 성령원의 간부가 불쾌한 것처럼 입을 일그러뜨렸다.

"……어떻게 생각하십니까? 여왕 폐하."

"요컨대 고전하고 있다는 거군."

여왕 네뷸리스 7세도 무거운 말투였다.

허공을 노려보는 듯한 표정으로 말을 이었다.

"밸푸어 대장. 그 전선에는 우리 조아의 그로울리 경이 갔을 텐데."

조아 가문의 당주 대리 그로울리.

매우 진귀한 반격형 「죄」의 성령을 소지하고 있는 순혈종이었다. 기술의 발동 조건만 만족시킨다면, 그 전장 제압 능력은 타의 추종을 불허할 정도였다.

그러나.

"……송구하오나 제국군의 최신 병기와는 상성이 좋지 못해서, 그로울리 경의『죄』의 성령도 충분히 성장하지 못한다고 합니다."

"여왕 폐하."

이어서 그 옆에 있는 간부도 나직하게 눌러 죽인 음성으로 말했다.

"이것은 미확인 정보입니다만, 제도에서 제2진이 출발했다는 보고도 있습니다. 우리도 증원을 검토해봐야 하지 않을까요."

"……증원이라."

애매모호한 말투.

그것은 네뷸리스 7세가 좀처럼 보여주지 않는 반응이었다.

"……증원을 청한다고 병사를 보내줄 수 있다면, 이미 보내줬을 거다."

황청의 주전력은 성령 부대다.

그런데 성령 부대는 우선 성령술사로서의 수행 기간을 필요로 한다.

강력한 무장 덕분에 개개인의 전력이 평등화되어 있는 제국 병사와는 달리, 성령술사는 개개인의 성령에 따라 실력이 크게 달라진다.

──육성하려면 시간이 걸리는 것이다.

그리고 현재 움직일 수 있는 성령 부대는 전부 다 각지로 파견한 상태였다.

더 이상 증원은…….

"아가씨! 아가씨, 기다리세요!"

남자의 외침 소리가 울려 퍼졌다.

회의실 문이 벌컥 열렸다. 원탁 주위에 있는 사람들이 일제히 입구 쪽을 돌아봤다.

"실례합니다."

너덜너덜해진 의상을 입은 왕녀가 거기에 있었다.

"……밀라?"

여왕뿐만 아니라 대신도, 병사도 모두 다 눈을 의심했을 것이다.

거의 반년 만에 보는 모습.

그동안 중요한 회의를 모조리 무시하고 넘어갔던 밀라베어 왕녀가——.

"루 가문에 증원 요청이 들어왔다고 하던데요. 그래서 여왕 폐하께 드릴 말씀이 있습니다."

뻔뻔하게 성큼성큼 방 안으로 들어오는 왕녀.

천장에 매달린 샹들리에의 불빛을 받아 드러난 밀라의 모습을 본 순간, 원탁 주위에 있는 사람들은 모두 다 놀라서 숨을 삼켰다.

뭐지, 이 지저분한 몰골은?

야생아 같은 모습——.

특별 주문 제작한 왕족의 드레스는 어깨부터 싹 잘려 나가서 구릿빛 양어깨가 드러나 있었고.

본디 융단까지 닿아야 할 아름다운 스커트도 마치 운동복처럼 허벅지 근처까지 천이 짧게 찢어져 있었다.

"밀라베어 왕녀!"

대신이 의자에서 벌떡 일어났다.

"그, 그 모습은 대체 뭡니까! 이래 봬도 이것은 내각 회의, 여왕 폐하의 안전입니다!"

"_____."

밀라는 대답하지 않았다.

항의 따윈 들리지도 않는 것처럼 대신들 앞을 당당하게 가로질러 갔다.

"여왕 폐하."

네뷸리스 7세의 눈앞으로 가서.

가만히 앉아 있는 여왕을 내려다보듯이 똑바로 응시하더니.

"죄송하지만 루 가문은 증원군을 보낼 수 없습니다."

"……흠?"

밀라의 한마디를 들은 카산드라 여왕의 눈썹이 꿈틀 하고 경련했다. 뭐냐? 그 불손한 말투와 불손한 태도는.

아니, 다른 무엇보다도——.

도대체 뭐냐, 그 기계처럼 무기질적인 눈은.

"밀라베어여. 사태를 이해하지 못한 것이냐? 조아와 히드라 양쪽에서는 많은 동지들이 나라를 지키기 위해 손을 들고 나섰다. 3대 왕가 중에서 오직 루 하나만——."

"방해됩니다."

"……뭐?"

"나 혼자면 충분해."

그게 무슨 뜻이지?

너무나 엉뚱한 밀라의 말을 듣고, 여왕과 대신들이 모두 다 어안이 벙벙해진 와중에——.

"그럼 이만."

왕녀는 빙글 몸을 돌렸다.

아무것도 없었던 양손에는 어느새 큼직한 나이프를 쥐고 있었다.

"——————————."

그 뒷모습을 본 순간.

카산드라 여왕은 저도 모르는 사이에 식은땀을 흘리고 있었다. 실제로는 이런 비상식적 상대의 태도를 나무라야 하는 입장인데도.

목구멍이 경련을 일으켜 목소리가 나오지 않았다.

……인간을 상대한 것 같지가 않았다.

저 공허한 눈.

곤충보다 더 무기질적이고 육식 동물보다 더 무서웠다. 감정이 담겨 있지 않은 것이다. 그저 전장으로 향할 뿐——.

"……전투 인형인가. 저 소녀는."

여왕의 그 잠긴 목소리를

진정한 의미로 이해한 자는, 아직 이 원탁 주위에는 없었다.

4

델타 산맥 남서쪽.

제국군 제8차 관측 시설.

전망 좋은 절벽 위에서, 저 앞에 길게 누워 있는 흰 봉우리들을 일망한다. 쌍안경에 비친 산악 지대는 지금 뭉게뭉게 피어오르는 모래 먼지로 뒤덮여 있었다.

"순조롭군."

부하를 향해 자신의 쌍안경을 획 던졌다.

너도 한번 봐라——하고. 제국군 마그나카사 대장은 진지한 얼굴로 고개를 끄덕였다.

사령부 총대장 마그나카사 건파이트.

기구 Ⅱ사 시절부터 보기 드문 지휘ㆍ발안 능력을 발휘한 완벽한 군사(軍師) 타입의 군인이었다.

"음향 병기 세이렌. 제도의 연구실에 많은 예산을 투입한 보람이 있군. 보아라, 저 절벽 아래의 성령 부대는 이미 후퇴하고 있어."

"네! 저놈들은 지금쯤 몹시 당황해 쩔쩔매고 있을 겁니다."

성령의 자동 방어가 발동되지 않는다.

성령은 자신의 숙주인 사람을 지키려고 하는 반격 기능을 갖추고 있다. 그중에는 자동 방어만으로도 기관총의 일제사격까지 다 막아내는 성령도 있을 정도였다.

──음향 병기 세이렌은 그것을 무효화한다.

이 병기의 정체는 「순수한 소리」.

자연계 어디에나 잔뜩 존재하는 소리. 그것은 이 별에서 전투와는 동떨어진 개념이다.

고로 성령이 위험하다고 인식하지 못한다.

화약, 레이저, 총탄처럼 명확한 「공격」은 감지하는 자동 방어가, 이 음향 병기는 감지하지 못하는 것이다.

"세이렌 탑재차, 세 대. 이대로 전진해라."

이미 전장은 제압했다.

보이지 않는 소리의 파도에 휩쓸려 마녀들이 차례차례 바닥에 쓰러져간다.

"남서부에서 북동부로 진군. 이 앞에 볼텍스를 탈환해서──."

『대장님! 전선의 긴급 보고입니다!』

통신이 날아 들어온 것은 바로 그때였다.

『기구 Ⅱ사 제011부터 019부대까지 응답이 없습니다…… 침묵하고 있어요……!』

"뭐라고?!"

마그나카사의 뇌는 방금 통신으로 전달받은 정보를 제대로 이해하지 못했다.

전선 부대가, 침묵?

뭐가 어떻게 된 거지?

성령 부대는 완벽하게 무력화했을 텐데. 황청의 원군이 온 건가?

"……말도 안 돼. 세이렌은 상시 작동형이다. 저 전선 일대는 보이지 않는 소리가 폭풍처럼 휘몰아치고 있을 텐데?!"

황청의 원군이 왔다 해도.

도대체 무슨 수로 그 소리의 폭풍을 뚫고 왔단 말인가?

한편 저쪽에서는——.

황청의 성령 부대로서도 상상할 수 없었던 사태가 일어나고 있었다.

델타 산맥 남서부.

그곳에 진 치고 있던 성령 부대는 제국군의 진격 앞에서 버티지 못하고 전투 유지 전력을 잃었다. 그래서 이미 후퇴를 개시하고 있었다.

제국군의 전차 부대가 돌격해오는 와중에——.

"……실패로구나!"

휠체어에 탄 남자가 휠체어 위에서 소리를 내며 넘어졌다.

조아 가문의 당주 대리 그로울리.

그는 다리가 불편해서 세이렌의 범위 내에서 도망치지 못했다. 게다가 반격형 죄의 성령은 이 휘몰아치는 음파를 공격이라고 인식하지 못했다.

"……아직도…… 아직도, 성장을 못 한 거냐!"

휠체어 그늘에서 어렴풋이 보라색으로 빛나고 있는 성령광. 죄의 성령이 마침내 눈을 떠서, 성령광이 응축되어 다리가 여섯 개인 사냥개의 모습을 만들어내고 있었다.

하지만 크기가 작았다.

죄의 성령이 낳는 아바타(化身獸). 그것은 보통은 고개를 젖혀 우러러봐야 할 정도로 거대하게 성장할 터인데.

"…………이 정도로는…… ."

제국군 전차는커녕 일제사격조차 막아내지 못할 것이다.

그때 지면이 심하게 흔들렸다.

제국군 전차가 땅을 울리며 이쪽으로 돌진하고 있었다.

"윽!"

전차의 대포가 이쪽을 향했다.

아바타로는 제대로 막아낼 수 없다. 그로울리는 자신의 패배를 받아들였다. 그런데 그 순간——.

——충격『풍신 풍계 만다라』.

삐걱.

대기가 찌그러지면서 수십 개나 되는 돌풍의 층이 그로울리의 눈앞에 펼쳐졌다.

기하학적 형태를 그리는 폭풍이 전차의 포격을 모조리 막아내더니, 이쪽으로 돌진하는 전차의 차체를 종잇장처럼 가볍게 날려 버렸다.

"……아닛?!"

뭐지, 이 포학한 폭풍은?!

성령술이라고 생각할 수밖에 없었다. 하지만 이 상황에서 대체 누가——.

"늦지 않았군요."

먼지구름 너머에서.

몸집이 작은 소녀가 짧은 금빛 머리카락을 마구 휘날리면서 이쪽으로 뛰어 들어왔다. 도저히 전쟁터의 장비처럼 보이지 않는 반팔 옷을 입고서.

"……루 가문의 꼬마 계집애?"

밀라베어 루 네뷸리스 8세.

왕가에서 「여왕 실격」이란 낙인이 찍힌 왕녀가 먼지구름을 등지고 나타난 것이다.

"원군입니다."

"뭐?! 하, 하지만, 다른 사람은 하나도……?!"

"나 말고도 사람이 필요합니까?"

왕녀는 쓰러진 휠체어를 가차 없이 발로 밟더니, 그로울리를 등에 업었다.

그리고 그 직후——.

"알아서 꽉 잡고 계세요."

"으억?!"

급가속.

밀라 왕녀가 후방의 깎아지른 듯한 절벽을 향해 달리기 시작한 것이다.

"이봐, 꼬마, 너 설마?!"

대답은 없었다.

오싹한 예감. 그런 그로울리의 예상대로 밀라는 산의 수직 절벽에서 밑으로 뛰어내렸다.

죽으려는 거냐?!

수십 미터 아래의 갈라진 틈으로 낙하한다.

도중에 공중에서 밀라가 수평으로 뛰었다. 절벽 표면의 아주 약간 파인 부분에 발끝을 걸치고, 그것을 발판 삼아서 좀 더 안쪽의 파인 곳으로 이동한 것이다.

마치 야생 산양처럼. 수직 절벽을 밟고 뛰어 내려갔다.

"윽?! 이 계집애, 진짜 인간인가?"

등에 업힌 그로울리가 오히려 놀라서 기절할 지경이었다.

지금 이 소녀는 어른 하나를 등에 업고 있었다. 도대체 얼마나 비상식적인 육체와 운동신경을 가지고 있기에, 이렇게 귀신같은 곡예를 펼칠 수 있단 말인가?

——착지.

밀라가 달려 내려간 절벽 밑은 바위로 둘러싸인 계곡이었다.

제국군은 절벽 위. 여기라면 전차로도 쫓아올 수 없을 테고, 그 골치 아픈 음향 병기의 소리도 닿지 않을 것이다. 그래서 휴 하고 가슴을 쓸어내리려고 했는데——.

"그러다 죽어요."

"?!"

"앞을 보시지 그래요?"

밀라의 한마디. 그와 동시에 그로울리는 휙 던져져 바닥에 등부터 부딪쳤다.

그때 뭔가가 그의 뺨을 무시무시한 속도로 살짝 스치고 지나갔다.

"저격인가?!"

확 굳어진 얼굴로 그쪽을 돌아봤다.

보였다. 계곡의 바위 안쪽에서 위장복을 입은 제국군이 총을 겨누고 있었다.

"저놈들이 여기까지 오다니!"

"좀 전에 찾아났어요. 여기가 본거지입니다."

"…………뭐라고?"

대화가 잘 통하지 않았다.

제국군이 먼저 와서 기다리고 있었구나! 하고 긴장하는 그로울리 옆에서, 금발 머리 왕녀는 놀랍게도 당연하다는 듯이 대형 나이프를 뽑고 있었다.

"꼬마야, 너 설마⋯⋯."

"거치적거리니까 어디 숨어 계세요."

총을 겨눈 제국군을 향해 밀라는 지면을 박차고 이동했다.

그렇다. 이 왕녀는 도망치기 위해 절벽을 내려온 게 아니었다. 처음부터 제국군 본거지를 섬멸할 작정이었던 것이다.

그로울리의 구출은 덤이었고.

"⋯⋯⋯⋯."

바닥에 엎드린 그로울리의 눈앞에서——.

루 가문의 왕녀 한 명에 의해 제국군이 유린당했다.

"끝났습니다."

계곡에 흩어진 무수한 총들을 내려다보는 밀라.

최신 병기로 무장한 제국 부대를, 단 한 명의 힘으로 몰아붙여 철수하게 만들었다. 너무나 압도적인 그 폭거를 목도한 결과.

"⋯⋯지는⋯⋯ 건가?"

그로울리의 이마에서 턱으로 식은땀이 주룩 흘러내렸다.

조아 가문은 진다.

왕녀에게 어울리는 교양? 품성? 지식? 아니. 그런 것들을 전부 다 가볍게 짓밟아버리는 압도적인 「개인의 강함」이 지금 눈앞에 나타났다.

——이 왕녀를 살려두면.

——다음 콘클라베에서 여왕의 자리는 틀림없이 이 소녀가 차지할 것이다.

조아의 미래를 위해.

이 소녀를 죽여야 한다. 다행히 이곳은 제국군과의 전투 지역이다. 제국군한테 살해당했다고 핑계를 대면 된다.

"…………."

아까 그 아바타를 말없이 불러들였다.

밀라베어 왕녀는 이쪽을 등진 채, 제국군이 떨어뜨리고 간 총기를 전리품처럼 주워 모으고 있었다.

"죄의 성령이여."

그 무방비한 등을 향해. 아바타에게 공격 명령을——.

"눈이 침침하신가요?"

쓱.

그로울리의 목에 서늘하고도 딱딱한 뭔가가 닿았다.

나이프의 칼날이었다.

"~~~~~~~~?!"

정신을 차려 보니.

숨결이 닿을 정도로 가까운 곳에 무표정한 눈동자의 왕녀가 다가와 있었다.

"거기에 제국 병사는 없습니다. 나만 있죠."

"?!"

"죄의 성령한테 공격 명령을 내리려고 했다. 대체 누구를 노리고?"

"……!"

식은땀이 줄줄 흘렀다.

"이곳은 전장. 당신이 제국 병사의 총에 맞아 쓰러졌다고 해도 됩니다. 아시겠어요?"

"…………내가 졌다."

아바타를 해제.

무방비해진 그로울리는 두 손을 들었다.

"귀환해서 너의 무훈을 보고해주마. 다음 콘클라베에서 너에게 도움이 될 테지. 이 정도로 타협하지 않겠나."

"처세를 잘하셔서 다행입니다."

밀라베어 왕녀가 나이프를 거두었다.

그리고 갑자기 계곡물 상류를 향해 또다시 걷기 시작했다.

"나는 저 안쪽의 제국군을 쫓아낸 다음에 귀환하겠습니다. 당신은 거치적거리니까 먼저 돌아가세요."

"………….."

사라져가는 왕녀의 모습을 그로울리는 그저 멍하니 지켜보고 있었는데──.

"훌륭해."

짝짝. 이 상황에 어울리지 않는 박수 소리가 홀연히 울려 퍼졌다.

대체 언제 어디서 온 걸까.

어느새 등 뒤에 금발 머리 청년이 우아하게 서 있었다.

"루 가문의 밀라베어 왕녀. 역대 왕녀 중 누구와도 닮지 않았군. 결국 왕가의 돌연변이인가. 저 전투력은 좀 위험한데."

마치 영화배우 같은 미소.

전장의 분위기와는 완전히 거리가 먼——.

여기에 소풍이라도 온 것처럼 멋쟁이 흰 양복을 입고 있었다.

"정말 오랜만에 뵙습니다. 그로울리 경."

"……애송이 탈리스만 아닌가."

"증원군으로서 저도 달려왔습니다만. 쓸데없는 짓이었던 것 같군요. 아니, 그래도 저 여자의 실력을 가까이에서 봤으니 운이 좋았습니다."

그는 양복을 펄럭이며 빙글 돌아섰다.

"나도 서둘러 연구를 해야겠군."

연구?

히드라 가문의 젊은 당주 대리가 입에 담은 단어에 대해 물어볼 틈도 없이, 그 청년은 가볍게 계곡 안쪽으로 걸음을 옮겼다. 밀라와는 반대 방향으로——.

"조아의 구조 부대가 곧 여기에 도착할 겁니다. 이만 실례하도록 하죠. 그로울리 경."

"…………."

그다음 날.

귀환한 그로울리의 보고에 의해 밀라베어 왕녀의 평판은 백팔십도로 달라졌다.

왕녀 실격에서——.

사상 최강의 여왕 후보로.

밀라베어 루 네뷸리스 8세가 그렇게 칭송받기까지 시간은 별로 걸리지 않았다.

그런데 정작 본인은——.

"아가씨! 방금 뭐라고 하셨습니까?!"

"질렸어요."

안뜰의 잔디밭에 벌렁 누워서.

밀라는 군청색 하늘을 길게 가로지르는 흰 구름을 멍하니 바라보고 있었다.

하늘은 좋았다.

하늘만은 아무리 쳐다봐도 질리지 않았다.

"제국군과의 싸움은 질렸습니다. 이제 전장에는 안 갈 거예요. 슈바르츠. 여왕 폐하께는 그렇게 말씀드려줘요."

"뭐, 뭐라고요?! 아니, 아가씨의 힘만 있으면……."

"제국군은 재미없다고요."

놀 수 있느냐, 없느냐.

밀라의 가치관은 오직 그것밖에 없다고 해도 과언이 아니다.

제국 병사의 99%는 약소했다.

이를테면 제국군의 총은 수많은 성령술사에게 위협적인 존재이지만, 그 총알이 밀라에게는 안 통한다는 사실을 깨닫자마자 제국 병사는 기막힐 정도로 허무하게 패배해 달아난다.

이 얼마나 무감동한 일인가.

"무기가 강할 뿐이지, 제국 병사가 강한 게 아니다. 그래서 흥미가 사라졌어요."

"하, 하지만, 아가씨…… 제국군에는 사도성이라는……."

"일말의 예외겠죠."

제국군에는 사도성이라고 불리는 최상위 전투원이 있다.

그러나 천제 직속인 그들은 좀처럼 제국 밖으로 나오지 않는다. 전장에서 우연히 딱 마주치는 것은 거의 기적이나 마찬가지다.

"……재미없어…… 이 세계는 재미가 없어……."

데굴 하고 구르더니.

입을 삐죽 내밀고 토라진 것처럼 그렇게 중얼거렸다.

상대가 있었으면 좋겠다.

어딘가에 누구 없나?

아무리 같이 놀아도 다 놀지 못해서, 나랑 무한히 놀아주는 상대는 없을까?

그런 유치한 소원을 별에게 빌었는데——.

그로부터 며칠 후.

밀라는 듣게 되었다. 황청을 뒤흔드는 마인 샐린저라는 남자의
소문을.

Chapter.3

『등불
　　―마인이라고 불리던 그는,―』

the War ends the world /
raises the world

1

　샐린저는——.

　이 세상에서 가장 비열한 성령을 지녀서, 태어날 때부터 저절로 대죄의 운명을 짊어졌다.

　수경(水鏡)의 성령.

　손바닥에 있는 성문을 상대의 성문에 1분 이상 접촉시키면, 상대의 성령을 분열시키고 그 절반을 복사하여 가져갈 수 있다.

　……비열한 도둑.

　……철저히 남의 힘에만 의존하는 저주받은 성령.

　그러나 샐린저는 두려워하지 않았다.

　남의 성령을 빼앗는 것. 더 나아가 성령을 빼앗음으로써 남에게 미움 받고, 이 황청이란 나라에서 고립되는 것을 두려워하지 않았다.

　이념이 있었기 때문이다.

　반드시 성령술사의 정점에 다다르겠다——.

그 결과 그는 황청의 질서를 어지럽히는 죄인으로서 공포의 대상이 되었고, 온갖 정의의 존재한테 요주의 인물로 찍혔다.

경비대와 성령 부대.

그들을 모조리 격퇴하는 사이에 그의 성령술은 저절로 늘어났다.

──초월의 마인.

황청을 전율하게 만드는 별명을 손에 넣었지만, 샐린저는 알고 있었다.

경비대와 성령 부대를 아무리 쓰러뜨려봤자 의미가 없다.

초월해야 할 대상은 정점.

시조 네뷸리스에서 시작된 왕가──순혈종이야말로, 성령술사로서 꼭 초월해야만 하는 최강의 상대였다.

━━━━━━━━━━

네뷸리스 황청, 중앙주.

주요역(主要驛)『사크라리스 네뷸리카』는 눈 덮인 것처럼 하얀 돔이 눈에 띄는 역이었다.

승하차하는 손님의 수는 하루에 수십만 명.

황청 내에서도 압도적으로 많은 그 승객들 틈에 섞여서, 지명 수배 중인 죄인 샐린저는 주요역 개찰구를 빠져나갔다.

"_____."

오후 6시.

눈부시게 불타오르는 저녁 해가 점점 가라앉아간다.

오가는 사람들 대부분이 집으로 돌아가는 와중에 샐린저는 말 없이 광장 벤치에 석상처럼 앉아 있었다.

다소 뻣뻣한 백발과 날카로운 안광.

기품 있고 이목구비가 뚜렷한 얼굴은 마치 영화배우 같은 미모였다. 그런데 가장 특징적인 것은 그의 복장이었다.

벌거벗은 상반신에 코트 한 장만 걸치고 있는 것이다.

그 단련된 근육질 육체미가 강렬한 저녁 햇살을 받아 드러나고 있었다. 광장에 있는 여자들이 그 모습을 힐끔힐끔 훔쳐보면서 지나쳐가는 가운데——.

"……슬슬 때가 됐나."

샐린저는 자기 자신에게 이야기하듯이 그렇게 말했다.

황청 전체를 두려움에 떨게 만든 남자가, 네뷸리스 왕궁의 코앞에 있는 주요역에 이렇게 당당하게 나타난 이유는.

——선전포고.

자신은 그 누구도 두려워하지 않는다.

경비대도, 성령 부대도. 그리고 황청을 지배하는 시조의 말예조차도. 아무것도 두려워하지 않는 이 등장이야말로 가장 명확한 의사 표시가 될 것이다.

"시조의 말예들아. 네놈들은 왕가라고 칭할 자격이 없다."

황청은「성령술사의 낙원」이라고 한다.

하지만 샐린저는 그곳의 지배자인 네뷸리스 왕가를 인정하지 않았다.

그들은 왕가에 태어났다는 행운을 마치 자신의 공적처럼 여기면서 자만한다. 타고난 성령의 강함에 안주하면서, 보다 높은 경지로 올라가기 위한 노력도 할 줄 모른다.

샐린저는 그런 놈들이 자신을 깔보게 놔둘 수 없었다. 왜냐하면——.

품격은 혈통에 있는 것이 아니라, 이념에 깃드는 것이니까.

샐린저는 자기 성을 잊었다.

자기를 결정하는 것은 오직 「나」. 그걸로 충분하며, 혈통을 드러내는 성 따윈 필요 없다.

그리고 초월할 것이다.

저 오만한 왕가를.

"……딱 좋은 시간이야."

벤치에서 유유히 일어나 뒤를 돌아봤다.

타오르는 저녁 해는 빌딩숲의 계곡으로 떨어졌고, 머리 위는 슬슬 검은색 장막으로 덮여가고 있었다. 그래서 한층 더 찬란하게 우뚝 서 있는 네뷸리스 왕궁이 놀라운 존재감을 뿜어내고 있었다.

성령의 빛——.

그리고 최고의 무대에는 최고의 시나리오가 잘 어울릴 것이다.

"서장부터 여왕을 노린다면, 아무래도 세련된 맛이 없겠지?"

우선 3대 왕가부터.

조아, 루, 히드라. 각 혈족부터 끌어내리고, 마지막에 여왕을 해치워야지만 스토리가 아름답게 완성될 것이다.

그럼 누구부터 노릴까?

……왕궁에 침입해 닥치는 대로 골라잡자고 하고 싶지만, 그건 어리석은 행동인가.

……단신으로 도전하더라도 결국 일 대 다수로 포위당하면 곤란하니까.

순혈종은 한 명 한 명이 최상위 성령술사. 그건 확실한 사실이다.

게다가 왕궁 내의 경비도 삼엄했다. 성내에 이변이 발생하면 엄선된 위병들이 즉시 달려올 것이다.

"먼저 성 밖을 공략해볼까."

신비롭게 빛나는 네뷸리스 왕궁을 등지고 돌아서서 밤길을 걷기 시작했다.

기나긴 길을.

눈 깜짝할 사이에 체온을 빼앗아가는 극한의 밤바람을 맞아 온몸에 소름이 돋는데도, 샐린저의 입술은 환희를 머금고 있었다.

"오래 기다렸다."

무대는 준비됐다.

장대한 「왕가 초월」의 시나리오. 샐린저가 그 최초의 무대로 선택한 것은 진회색으로 빛나는 고층 빌딩이었다.

　히드라 학술원. 첨단 성령 공학 연구소.
　통칭 『스노 더 선』.

　3대 왕가 중 하나인 「히드라」의 연구 거점.
　별의 코어(핵)에서 분출되는 성령 에너지를, 전기나 가스를 대신할 제4차 에너지 혁명으로 이용하기 위한 연구소였다.
　"——그것은 표면적인 이야기."
　국도를 사이에 둔 스노 더 선의 정면.
　거대한 빌딩의 옥상 끄트머리에 서서 연구소의 정면 게이트를 가만히 내려다봤다.
　지나치게 두꺼운 콘크리트 담.
　게이트 양옆에 서 있는 경비병도 너무나 엄중한 장비를 갖추고 있었다. 성령 대항용 방패를 든 경비병이라니. 다른 시설에는 절대로 없을 것이다.
　"그 실태는 히드라 가문의 사병 집합소. 그렇지?"
　조아와 루도 사병은 가지고 있다.
　그것은 각 왕가의 활동의 일환으로서 공공연히 임무를 수행하는 정규 밀정들이다.
　그런데——.

지난 몇 년 사이에 태양의 사병이 급증했다고 한다.

그것도 밀정이 아니라 전투용 사병이.

"뭔가 꾸미고 있는 거지."

샐린저가 이곳을 선택한 것은, 히드라의 거물이 종종 스노 더 선에 드나든다는 소문이 있었기 때문이다.

"그게 사실이라면, 여기서 기다리고 있으면……."

황혼에서 밤으로.

밤에서 한밤중으로 넘어갈 때까지.

찬바람이 휘몰아치는 빌딩 옥상에서 스노 더 선의 게이트를 계속 감시했다.

이런 암흑 속에서 스노 더 선의 문지기가 샐린저를 발견하는 것은 불가능할 테지만, 성령술을 사용한다면 꼭 그렇다고 단정할 수도 없었다.

……암시 카메라보다도 정밀도가 높은 인식 계통의 성령술.

……그 외에 소리를 듣는 감지 계통의 성령술.

혹은 둘 다 있을지도 모른다.

숨을 죽이고 전신이 얼어붙을 듯한 찬바람을 맞으며 계속 버텼는데──.

"어. 저놈은……."

스노 더 선의 정문 게이트에 나타난 양복 입은 남자.

조명 빛을 받아 드러난 거물의 얼굴을 본 순간, 샐린저는 살짝 숨을 내쉬었다.

"왕궁 수호성 자네스……인가."

오른쪽 눈에 새겨진 오래된 흉터가 언뜻 보였다.

이 황청에서 그를 모르는 사람은 없을 것이다.

현재 태양의 당주인 아켄의 오른팔에 해당하는 호위병. 언제나 당주 곁에 있어야 할 텐데, 그 남자가 이런 한밤중에? 혼자서?

그만한 위치에 있는 남자가 별생각 없이 독단적인 행동을 할 리가 없다.

"……당주한테 무슨 명령을 받았나 보군."

근거는 있었다. 저 남자가 껴안고 있는 검은색 가방이다.

굳이 야음을 틈타 행동하고 심지어 가방도 검은색. 이 밤의 어둠 속에 숨으려고 한 것이리라.

뭔가 있다.

그렇게 직감한 순간, 샐린저는 아무런 주저 없이 고층 빌딩 옥상에서 뛰어내렸다.

"바람이여."

두 손바닥에서 빛나는 수경의 성문.

과거에 빼앗았던 바람 성령술이 급강하하는 샐린저를 고치처럼 감싸면서 낙하 속도와 낙하 방향을 수정해줬다.

그리하여 왕궁 수호성 자네스의 머리 위에서 급강하.

그 기세를 이용해 공중에서 발꿈치 찍기를 시도했다. 표적은 상대의 정수리——.

"!"

그 순간, 자네스가 무시무시한 속도로 하늘을 쳐다봤다.

들킨 것이다.

고층 빌딩에서 낙하하는 바람 소리 때문인가, 아니면 감지 계통의 성령술 때문인가. 어쨌든.

"무대에 오르는 것은 처음이냐?"

급강하하면서——.

이쪽을 쳐다보는 자네스를 향해 샐린저는 냉소로 답했다.

"단역 주제에. 스포트라이트도 모르는 것 같군."

"으읏?!"

눈부신 빛으로 잠시 시력을 잃은 왕궁 수호성이 고통스러운 소리를 내면서 비틀거렸다.

강렬한 조명.

고층 빌딩의 빛과 가로등의 빛이, 하늘을 쳐다본 남자의 눈을 이중으로 찌른 것이다.

전부 다 시나리오대로.

샐린저가 빌딩 옥상을 선택한 이유였다. 빌딩에서 뛰어내려 기습하다가 혹시 들키더라도, 하늘을 쳐다본 사람은 빌딩의 빛을 직시해서 잠깐 시력을 잃어버린다.

그렇게 되게끔 낙하 각도를 조절한 것이다.

"왕가가 우둔하니 왕가의 호위도 우둔하구나."

샐린저가 내리친 뒤꿈치가 자네스의 어깨에 콱 박혔다.

"——————으으읏!"

어깨에서 둔탁한 소리가 났다.

그 격통으로 인해 자세가 무너진 남자. 그를 향해 샐린저는 주먹을 꽉 쥐었다.

"자, 꿈속에 잠겨라."

"……으…… 커……억?!"

둔한 비명이 흘러나왔다.

샐린저의 주먹이 복부에 꽂히자, 왕궁 수호성은 몸을 못 가누고 비틀거리다가 힘을 잃고 쓰러졌다. 손에 쥐고 있던 검은 가방을 놓치면서.

——성령을 빼앗을까?

——가방 속 내용물을 확인해볼까?

여기는 시가지. 그것도 스노 더 선의 정문 게이트 코앞이다.

아마도 둘 다 실행할 시간은 없을 것이다.

딱 한순간 망설인 끝에 샐린저는 바닥에 떨어진 가방으로 손을 뻗었다.

"기밀문서라도 들어 있으면 통쾌할 텐데, 과연……?"

위력을 조절한 폭발의 성령술로 잠금장치를 파괴했다.

가방은 허망할 정도로 쉽게 열렸는데——그 안에는 충격 흡수용 쿠션이 채워져 있었고, 거기에 태양을 본뜬 브로치만 들어 있었다.

손가락으로 슬쩍 집어 들어봤다. 그러자 희미하게 달그락달그락 건조한 소리가 났다.

"……오. 안에 뭐가 들어 있는 건가?"

평범한 브로치가 아닌 것 같았다.

왕가의 기밀정보라도 들어 있는 걸까? 그렇다면 히드라가 총출동해서 되찾으러 올 것이다.

"다시 말해 상대가 끊임없이 나타나준다는 뜻이지."

브로치를 품속에 집어넣고 느긋하게 걷기 시작했다.

뒤편에서 누군가가 소리를 질렀다.

바닥에 쓰러진 왕궁 수호성 자네스가 경비병에게 발견된 것이리라. 그러나 이미 샐린저는 스노 더 선에서 멀리 떨어져 있었다.

……감시 카메라에 내 얼굴이 찍혔을 가능성은 있다.

……사람들이 우르르 쫓아오면 귀찮은데.

도심부에서 벗어나 임산 도로 쪽으로 걸어갔다. 한밤중의 두렁길에는 사람이 없었다. 그래서 누구의 눈에도 띄지 않고 가로등 불빛을 받으면서 쭉 걸어갔는데.

"…………."

작은 사람 그림자.

샐린저가 향하는 길의 저 앞에서, 비옷을 걸친 조그만 사람 그림자가 흐릿하게 떠올랐다.

길 맞은편에서 걸어온 건가.

밭과 밭 사이──고작 2m도 안 되는 두렁길을 교묘하게 누비면서 샐린저와 그 비옷 입은 사람은 스쳐 지나갔다.

"…………."

"…………."

스쳐 지나갈 때.

두 사람의 보행 속도가 동시에 느려졌다.

"피 냄새가 납니다."

"그래, 너도."

홋. 샐린저는 실소를 금치 못했다.

수상함을 감출 마음도 없나 보다.

구름 한 점 없는 밤에 비옷을 입어 체형을 숨겼고, 후드를 써서 얼굴도 숨기고 있었다. 목소리를 듣지 않았다면 여자란 사실조차 몰랐을 것이다.

대체 누구지?

"너는──…… 웃?!"

샐린저의 말은 날카로운 풍압에 의해 지워졌다.

비옷을 입은 여자가 말없이 도약했다. 그것도 처음부터 무시무시한 속도로.

곡예와도 같은 각력으로 샐린저의 얼굴 높이만큼 훌쩍 뛰어오르더니, 공중에서 팽이처럼 몸을 급회전시키며 돌려차기를 했다.

"……!"

반사적으로 몸을 숙인 샐린저의 앞머리가 싹! 하고 잘려 나갔다.

희미하게 빛나는 칼날.

구두 끝에 면도날처럼 예리한 얇은 칼날이 숨어 있었다. 손으로 막아냈더라면 지금쯤 손이 진홍색으로 물들었을 것이다.

"이 여자가!"

뒤로 획 뛰어 물러나는 샐린저. 그 노호가 밤의 어둠에 울려 퍼졌다.

피 냄새.

스쳐 지나갈 때 느꼈던 비릿한 냄새는, 착각이 아니었던 모양이다.

"그 웃기는 복장 속에 뭘 숨긴 거냐?!"

적화(赤火)의 성령술.

샐린저가 발사한 화염이 비옷 입은 여자에게 명중했다. 그것은 폭죽처럼 새빨간 불티를 흩뿌리며 타올랐다.

"윽, 뭐지?"

그 불이 사라졌다.

마치 보이지 않는 대기에 붙잡혀 으스러진 것처럼 부자연스러운 진화 방식. 아마도 이 소녀의 성령술일 것이다.

"……네놈은."

"당신이 나를 불렀잖아요?"

불타버린 비옷이 땅에 내동댕이쳐졌다. 가로등 불빛 아래 금발을 짧게 자른 날씬한 소녀가 모습을 드러냈다.

어렸다. 기껏해야 열셋이나 열네 살 정도일 것이다.

"사크라리스 네뷸리카 역 광장. 감시 카메라에 찍힌 것은 의도적인 행동이었죠? 일부러 역의 동쪽으로 걸어가는 뒷모습도 찍혀 있었어. 그리고 도심부에는 목격자가 없었으니까. 이쪽인가?

하고 생각했죠."

"…………."

그 질문에 샐린저는 대답하지 않았다.

머잖아 왕가의 누군가는 「낚일 것」이라고 생각했다. 하지만 설마——왕가 내에서도 거물 중의 거물이 나타날 줄이야.

"루 가문의 왕녀 밀라베어인가!"

환희의 전율이 온몸을 휘감았다.

밀라베어 루 네뷸리스 8세.

진심으로 만나고 싶었던 순혈종. 그것도 여왕 후보인 왕녀가 아닌가.

"……하하, 하하하하! 오래 기다렸다. 나의 무대에 올라오는 왕족 놈들을!"

큰 소리로 말하는 샐린저.

한편 그 모습을 바라보는 소녀는 아무런 감개도 없는 듯한 무표정이었다.

"죄상을 확인하겠습니다. 성령을 빼앗는다고 들었는데요."

"그래, 그렇다면?"

"감사합니다."

"?"

"회의에서 빠질 구실이 생겼으니까요. 당신이 중앙주에 와준 덕분에 다들 불안해했고, 그래서 내가 차출되었습니다. 지루한 회의였거든요."

"…………."

침묵 속에서 샐린저는 약간 눈살을 찌푸리고 있었다.

……뭐지? 이 여자애는.

……내 앞에 단신으로 나타나 이토록 침착하게 굴다니?

지나치게 태연하지 않은가.

순혈종 특유의 오만함인가? 하고 생각했지만, 오히려 우쭐거리는 분위기는 전혀 느껴지지 않았다. 이곳은 탁 트인 전원 지대. 부하가 숨어 있는 듯한 기색도 없었다.

"마치 남의 일처럼 말하는군."

"남의 일이니까요."

소녀의 입술만 움직였다.

마치 마음이 없는 인형이 입만 벙긋벙긋 움직이는 것처럼.

"내가 보기에는, 나를 제외한 나머지는 전부 다 약자입니다."

"그건——."

"물론 당신도."

흙이 확 튀었다.

나이프를 쥔 금발 소녀가, 그 조그만 육체만 봐서는 상상도 못할 정도의 각력으로 대지를 박찬 것이다.

소녀는 그대로 이쪽을 향해 일직선으로 돌격했다.

……나와의 체격 차이를 무시하고, 나이프 두 자루만 들고 돌격한다고?

……성령술은 온존할 셈인가?

번개의 성령이라면 근접 거리 공격도 가능하지만.

샐린저는 순식간에 그 가능성을 머리에서 지워버렸다. 그럴 리는 「없다」.

……나의 화염을 없애버린 이상, 번개는 아니다.

……바람이나 얼음이나 장벽 계열. 공격 수단이 없는 장벽 계열의 성령이라서 근접전을 선택한 건가!

그렇다면 이쪽에서 번개를 사용해주마.

상대가 근접 전투를 시도한다면, 모든 성령술 중에서도 가장 빠른 번개로——샐린저가 그런 계획을 세우고 있는데, 갑자기 금발 머리 왕녀가 그의 시야를 꽉 채웠다.

어느새 그의 품속에 뛰어든 것이다.

빠르다!

번뜩이는 칼날.

소녀가 나이프를 쑥 내밀었다. 그것을 눈치챘을 때는 이미 성령술로 방어하기에는 늦었다.

"……건방지긴!"

굴욕감 때문에 이를 악물면서 샐린저는 자신의 팔을 내밀어 얼굴을 감쌌다.

——격통.

살이 찢어지는 날카로운 통증. 하마터면 비명을 흘릴 뻔했다.

"……제법이구나!"

질주. 품속에 뛰어든다. 나이프로 찌른다.

그 모든 동작이 기분 나쁠 정도로 지나치게 유려했다. 마치 모든 행동 패턴을 미리 프로그래밍해둔 인형 같은 거동이 아닌가.

그런데——.

샐린저가 정말로 간담이 서늘해진 것은 그 직후였다.

"…………."

말없이.

금발 머리 소녀가 손바닥을 내밀었다.

그 손가락이 아무런 망설임 없이 자신에게 닿으려고 한 순간, 샐린저는 난생처음으로 공포란 것을 이해했다.

……뭐냐, 이 눈은…….

……아무것도 비치지 않는 눈. 허무 그 자체가 아닌가!

무기질적이고 무감정한 눈. 생기가 느껴지지 않았다.

여기를 이렇게 하면 부서진다. 그런 설명서를 보고 기계를 해체하는 것처럼, 이 왕녀는 자신을 부수려 하고 있었다.

"윽……!"

몸을 비틀었다. 지나친 급선회로 인해 늑골이 삐걱거리면서 비명을 질렀지만, 그래도 저 손에 닿는 것보다는 나았다.

소녀의 손은 자신의 옆구리 옆으로 빠져나가 허공을 갈랐고——.

쑤욱.

공기가 팽창하는 것처럼 확 부풀어 올라 수류탄같이 파열했다. 확산되는 바람의 해일이 전신을 후려쳤다. 샐린저는 밭 한가운데로 튕겨 날아갔다.

"······네 이놈!"

입가를 훔치면서 몸을 일으켰다.

바람의 여파에 노출되어 온몸이 격통에 휩싸였다. 직접 닿았더라면, 틀림없이 그 부위에서부터 온몸이 산산조각으로 해체됐을 것이다.

"흙이여!"

샐린저의 발밑에서 흙이 꿈틀거렸다.

주위에 있는 밭의 흙이 순식간에 쑥 올라와 수백, 수천이나 되는 흙 자갈로 변했다. 그것들이 일제히 왕녀를 향해 날아갔다.

"들러붙어! 저 여자의 손발을 구속해라!"

"이게 무슨 장난이죠?"

흙 자갈들이 허공에서 멈췄다.

마치 보이지 않는 벽에 가로막힌 것처럼. 밀라베어 왕녀에게 닿기 직전에 차례차례 멈춰서 도로 튕겨 나왔다.

······역시. 틀림없다.

······저 녀석의 성령은 바람, 혹은 바람의 아종이다.

수법은 알아냈다. 그렇다면──.

"여러 개의 성령을 가지고 있는 게 유리하다고요?"

"······?!"

"하나하나가 치졸합니다."

바로 코앞까지 다가온 소녀. 이번에도 또. 너무 빨랐다.

그리고 주저함이 없었다. 왼손의 나이프를 거꾸로 바꿔 쥐더니, 소녀는 샐린저의 복부를 향해 나이프를 가로로 휘둘렀다.

……촤악.

나이프가 살을 찢는 뜨거운 고통.

그러나 그 칼날은 샐린저의 내장에 닿기 직전에 멈췄다.

"어?"

왕녀가 눈을 크게 떴다.

내장을 갈기갈기 찢었어야 할 칼날이 멈춘 것이다. 복근에 가로막힌 것은 아니었다. 왜냐하면 나이프를 뺄 수도 없었기 때문이다. 이것은——

"파동의 성령술. 미리 전개해둔 건가?"

"……잡았다."

격통으로 인해 비지땀을 흘리면서도 샐린저는 살벌한 미소를 짓고 있었다.

이 왕녀 앞에서는 단 1초도 아까워하거나 주저하면 안 된다.

"지폭(地爆)의 성령이여."

머나먼 지저에서 작열하는 격류가 솟구치기 시작했다.

이 별의 모든 자연현상을 통틀어 최대급의 위력을 자랑하는 에너지. 그것이 대지를 찢고 마그마를 불러들였다.

"솟구쳐라. 그대의 분노로 대지를 불태워라!"

하늘을 태울 정도의 무수한 불꽃.

밭을 시뻘겋게 물들이는 마그마가 모든 것을 삼켜——버렸으나, 그곳에 금발 머리 왕녀는 없었다.

그야말로 야생 동물처럼 뛰어난 감과 반사 신경을 발휘해, 손에 쥔 나이프를 버리고 뒤쪽으로 훌쩍 뛰어 물러났던 것이다.

"……이럴 수가?!"

필살의 일격을 상대가 피하다니.

간헐천처럼 분출되는 마그마의 빛을 받으면서, 샐린저는 소녀의 기적 같은 회피 행동에 반쯤 시선을 빼앗겨버렸다.

……왕가는 오직 성령술에만 의존하는 망령 난 놈들의 소굴이 아니던가?!

……대체 이 여자는 뭐지……? 저 몸놀림은 뭐냐고!

단순히 성령술만 강한 것이 아니었다.

마치 대인전을 위해서만 존재하는 전투 인형 같았다. 어쩌지? 이 팔과 배의 부상을 끌어안은 채 전투를 속행할 수 있을까?

"……쳇."

거의 무한하게 느껴지는 망설임 끝에.

샐린저는 살이 찢어진 팔을 감싸면서 몸을 돌렸다.

팔과 복부의 출혈이 심했다. 지금이 밤인 것도 문제였다. 밤의 어둠은 이 소녀의 초인적인 근접 격투 기술을 한층 더 위협적으로 만들어주고 있었다.

"도망치는 겁니까?"

"…………."

"의외로 똑똑하네요. 하지만 다음에 발견하면 숨통을 끊어놓을 겁니다."

마그마와 불꽃 너머에서.

소녀의 기계적인 목소리가 들렸지만, 샐린저는 대답도 안 하고 밤의 암흑 속으로 몸을 던졌다.

가슴속에서 끓어오르는 듯한 굴욕감 때문에 어금니를 꽉 깨물면서.

그러나 또 동시에——.

"그래, 그래야지."

환희하고 있었다.

피를 흘리면서도 빛 없는 길을 미친 듯이 달려갔다.

마침내 도달한 곳은 교외에 있는 텅 빈 오두막. 미리 집 하나를 통째로 사둔 것이다. 그것도 1년 반 전에. 완벽한 가공의 인물 명의로.

"……암, 그렇고 말고……."

한쪽 팔로 문을 열고 거의 쓰러지듯이 안으로 들어갔다.

녹슨 외벽만 봐서는 상상도 못 할 정도로 청결하고 잘 정돈된 방이었다. 가구는 침대 하나와 찬장 하나. 남자 한 명이 숨어 살기에는 충분하고도 남을 정도였다.

"썩어도 시조의 말예다, 이건가."

소독약 병을 꺼내서 한 병을 통째로 상처에 퍼부었다. 그리고 진통제 알약을 복용량도 무시하고 탈탈 입안에 털어 넣은 뒤 한꺼번에 으드득 깨물었다.

"……그 여자애……."

좀 전의 전투를 뇌리에 떠올렸다.

왕녀 밀라베어 루 네뷸리스 8세——무조건 확실했다. 그 소녀는 바람의 성령의 아종, 『충격』을 다루는 성령술사다.

대기에 직접 작용한다고 알려져 있는데, 그 성령술사의 수가 적어서 아직 알려지지 않은 부분도 많았다.

……방어력에는 자신 있는 것 같았다.

……그래서 근접 전투 기술을 쓰는 것이리라. 그런데 설마 그 정도의 실력자일 줄이야.

성령술뿐만 아니라 무예도 이미 달인의 영역.

샐린저가 상상했던 겁쟁이 왕가와는 분명히 일선을 긋는 존재였다. 그건 인정하겠다.

……하지만.

성령술의 패는 이쪽이 더 낫다.

밀라베어 왕녀의 성령술이 아무리 강력해도, 이쪽에는 그 성령술에 대항할 만한 패도 충분히 있으니까.

"……그래."

상처가 벌어지는 것도 신경 쓰지 않고 힘껏 주먹을 쥐었다.

확신했다.

"그 왕녀의 성령만 빼앗으면, 나는……."

여왕도 초월할 수 있을 것이다.

네뷸리스 왕궁, 별의 탑——.

대부분의 왕족과 시종이 잠든 밤. 조용해진 복도에 슈바르츠의 큰 소리가 울려 퍼졌다.

"아가씨?! 그 모습은……?!"

"다녀왔습니다."

서슬 퍼런 나이프를 양손에 쥐고 있는 밀라.

그 전투 의상에는 아직도 끈적끈적한 피가 들러붙어 있었다.

"아가씨! 도, 도대체 어디 가셨던 겁니까! 여왕님도 걱정하셨……."

"이제 잘래요."

흐아암 하고 크게 하품을 하더니.

금발 머리 왕녀는 손에 들고 있던 나이프를 시종에게 휙 던져 줬다.

"이거 씻어놔주세요."

피투성이 나이프.

그것을 양손으로 받아든 슈바르츠는 꿀꺽 숨을 삼켰다.

"……이건 무슨 피입니까?"

"물감입니다."

"아가씨!"

"사람입니다."

마치 "오늘의 기온은 20도입니다"라고 하는 것처럼.

무심한 말투로 밀라가 그렇게 말하자, 슈바르츠는 두려운 것처럼 나이프를 들여다보면서 말했다.

　"……대체 누구의 피인지. 여쭤봐도 되겠습니까?"

　"슈바르츠."

　왕녀가 그를 돌아보더니.

　거침없이 부스스한 금빛 머리카락을 피투성이 손으로 대충 빗으면서 말했다.

　"나, 내일부터 왕녀의 공무는 전부 다 중단하겠습니다."

　"네에에엣?!"

　이곳이 왕녀 전용 층이 아니었더라면——.

　잠자던 시종들과 병사들이 슈바르츠의 커다란 고함 소리를 듣고 모조리 벌떡 일어났을 것이다.

　공무를 중단하겠다는 의사 표시.

　그런데 슈바르츠가 경악한 것은, 공무를 빼먹겠다는 선언 그 자체 때문이 아니었다. 왜냐하면 이 왕녀는 언제나 공무를 빼먹기 때문이다.

　그것도 무단으로.

　"이게 무슨 심경의 변화인가요. 아가씨가 굳이 공무를 중단하겠다고 사전신고를 하시다니……."

　보통 일이 아니다.

　방금 그 발언도 그렇지만, 이런 한밤중에 피투성이가 되어 귀가하는 것도 보통이 아니었다.

"이유를 말씀해주십시오."

"———."

"아가씨?"

피투성이 왕녀는 대답하지 않았다.

슈바르츠의 목소리 따윈 귀에 들어오지도 않는 것처럼. 밀라는 성의 천장을 우러러보면서 꼼짝도 하지 않았다.

——초월의 마인 샐린저.

확연한 실력 차이를 느꼈을 텐데도 그 남자는 사납게 웃었다.

자기 얼굴을 한 번 보자마자 후퇴해버리는 제국 병사와는 달랐다.

목마른 들개처럼 번쩍거리던 두 눈동자.

"……다시 나타날까요."

더 많은 성령술을 빼앗고, 빼앗고, 빼앗아서.

자신의 『충격』에 대항할 방책을 완벽하게 준비한 후, 그 남자는 반드시 나타날 것이다.

"…………."

그날이 너무나 기대되었다.

무의식중에 밀라의 입가에는 희미한 미소가 번져 있었다.

그 자신만만한 눈빛. 분별없는 투지.

떠올리기만 해도 저절로 몸이 뜨거워졌다.

그 마인은 단 한 번에 부서지지 않았다. 그리고 다음에는 좀 더 단단해져서 돌아올 것이다.

"……빨리 와요."

사상 최강이라고도 칭송받는 왕녀는.

명확한 적을 얻음으로써 한층 더 진화하게 된다——.

2

"……상처는 일단 아물었군."

잠복용 오두막.

커튼 틈새로 들어오는 아침 햇살을 받으면서 샐린저는 자신의 오른팔에 힘을 줬다.

피는 나오지 않았다.

그래 봤자 찢어진 상처 위에 딱지가 하나 생겼을 뿐이지만. 아직도 위팔은 붉게 부어 있었고, 나이프에 찔린 복부는 숨만 쉬어도 심하게 욱신거렸다.

"……이 정도면 충분해."

침대에서 일어났다.

그 충격적인 밤 이후로 4일 동안. 상처의 고통 때문에 신음하면서도 거의 100시간 정도나 샐린저는 머릿속에서 밀라베어 왕녀와 가상 전투를 벌여왔다.

118패, 99승.

약간의 승패 차이는 있을망정 그 전적은 막상막하라고 할 만했다.

그 99승에서 발견한 공통점을 재현하는 데 성공하기만 하면——.

"소녀야, 넌 장난이 지나쳤어."

무대 제2막.

그 굴욕의 밤을 거쳐 두 사람의 위치는 이미 반대로 바뀌었다.

"네놈의 성령은 내가 징수해주마."

━━━━━━

네뷸리스 왕궁. 정문 앞 번화가——.

구름 한 점 없이 쾌청한 날씨. 평소 같으면 카페나 식당이 북적 거릴 정오 시간이지만, 지금 큰길은 믿어지지 않을 정도로 조용 했다.

돌아다니는 사람도 별로 없었다. 그들은 하나같이 소리 죽여 종종걸음으로 떠나갔다.

다들 겁먹은 것이다.

이 중앙주에 드디어 그 유명한 마인 샐린저가 나타났다는 소식 이 보도됐으므로.

"동행해주셔서 고맙습니다. 밀라베어 왕녀님."

큰길을 따라 나아가는 네 사람.

후드 달린 외투로 얼굴을 가린 소녀를 중심으로——.

그 앞에서 세 명의 요인 경호관들이 선도하는 형태로 이동하고 있었다.

"4일 전. 히드라 가문의 왕궁 수호성 자네스가 마인 샐린저한테 습격당했습니다. 그놈은 이 부근에 숨어 있을 겁니다. 보시다시피 민중도 불안에 사로잡혀 이렇게 대낮인데도 외출을 삼가고 있습니다."

"저희도 매일 순찰을 하고 있지만……."

"그놈의 꼬리를 잡진 못했습니다. 그놈이 빼앗은 성령술 중에는 모습을 감추는 성령술도 있다는 정보가 있습니다."

우락부락한 남자 세 명.

자기보다 훨씬 더 큰 그들의 뒷모습을 쓱 쳐다보더니.

——쓸모없군.

밀라는 속으로 그렇게 중얼거렸다.

요인 경호관은 누구나 건장한 체격과 뛰어난 성령술을 가지고 있다.

하지만 둔감하다.

부족한 것은 「섬세함」. 낯빛만 봐도 부모님의 기분이 언짢다는 것을 눈치챌 수 있는 아이처럼, 약자라면 누구나 갖추고 있는 위기 감지 능력이 결여된 것이다.

그래. 이를테면.

마인 샐린저가 아까부터 자기들을 미행하고 있는데도 말이다.

"뭐, 괜찮아요. 나만 눈치채고 있으면 되죠."

요인 경호관에게는 말할 수 없다.

말했다간 그들은 즉시 긴장한 표정을 짓거나 허둥지둥 주위를 둘러볼 게 뻔하니까.

 ……샐린저도 왜 당장 습격하지 않는 걸까?

 ……지금이 대낮이라서? 많지는 않아도 일반인이 있기 때문에?

 샐린저의 시선은 느껴진다.

 하지만 즉시 공격해오지 않는 것이 밀라의 예상을 다소 빗나가게 만들었다. 초월의 마인은 자신이 생각했던 이미지와는 좀 달랐다.

 "그만합시다."

 "……네? 왕녀님?"

 "배가 고파요. 나의 산책은 여기서 끝내겠습니다."

 걷는 속도를 전혀 늦추지 않으면서 밀라는 세 명의 남자들을 쳐다보며 대꾸했다.

 "성으로 돌아가도 될까요?"

 밤이 깊어간다.

 중앙주, 도시 교외——.

 밤의 장막이 드리워지고 번화가의 불빛이 하나둘씩 사라진다. 사람들은 조용히 잠들고, 벌레 소리가 희미하게 공기를 진동시키고 있는 전원 지대.

 샐린저는 그 두렁길에 서 있었다.

 그리고 느꼈다.

빛이 없는 거나 마찬가지인 어둠 속에서, 조그만 사람의 기척이 이쪽으로 다가오고 있는 발소리를.

"좋은 무대에는 좋은 조명 연출이 필요하겠지?"

팟! 하고.

불덩어리를 허공에 던져놓더니 샐린저는 양팔을 벌렸다.

"왕녀인데도 잘도 이런 밤중에 성에서 빠져나오는구나."

"가끔은 왕녀다운 일을 해보려고 합니다."

"흐음?"

"쓰레기 청소. 복도에서 가신이 하는 이야기를 들었는데, 당신은 이 황청에서 그런 존재로 인식되고 있는 것 같더군요."

선명한 오렌지색 불빛을 받으면서——.

밀라베어 왕녀는 몸에 걸쳤던 비옷을 벗어던졌다.

그 밑에는 오래 입어서 구깃구깃해진 전투복을 입고 있었다.

어깨도 허벅지도 훤히 드러난 왕녀답지 않은 복장. 하지만 이것이야말로 왕녀의 기동력을 최대한으로 발휘할 수 있는 선택지였다. 그 사실을 샐린저는 몸으로 직접 깨달았었다.

"그런데 좀 의외였습니다."

양팔을 느슨하게 늘어뜨리고 꼿꼿이 선 자세로 왕녀는 고개만 살짝 옆으로 기울였다.

"당신은 분별이 있나요?"

"무슨 소리야?"

"아까 낮에 말이에요. 그 큰길에서 습격했으면 나는 성령술을 사용할 때 조금 주저했을지도 모릅니다. 민중이 있었으니까요."

"허! 무슨 말을 하나 했더니!"

샐린저는 한 손으로 이마를 짚고 코웃음을 쳤다.

"민중이란 것은 이 나의 무대를 쳐다보는 관중이야. 관중에게 경의를 표하지 않는 배우는 이류에 불과하다!"

"그런가요."

소녀가 등 뒤로 손을 움직였다.

벨트에 고정시켜둔 나이프 두 자루를 몹시 진지한 얼굴로 뽑아들더니.

"당신의 무덤 비석에 새겨놓겠습니다. 야만인이지만 분별은 있었다고."

그 모습이 사라졌다.

싹 지워졌다고 착각할 만큼 엄청난 기세로, 일직선으로 달려왔다.

……바닥을 기는 것처럼 낮은 자세!

……저번에 내가 이 녀석의 움직임을 놓쳤을 때의 거동. 그 정체가 이거였나!

하지만 이번에는 보였다.

허공에 날려둔 불덩어리가 주위를 환하게 비추고 있었기 때문이다.

"흥, 저번과 같은 앙코르 공연일 거라고 생각하지 마라."

"앙코르? 아뇨, 피날레(종연)입니다."

피어오르는 흙먼지.

작은 태양 같은 불덩어리의 빛을 받으면서, 나이프를 손에 쥔 소녀가 뛰어올랐다.

"흥! 저번과 같잖아? 재주가 없구나!"

펄쩍 뛰어 덤벼드는 소녀를 보면서 샐린저는 한쪽 팔을 하늘로 치켜들었다.

수경의 성문이 푸르게 빛났다.

"얼음 칼날이여!"

쩌억.

샐린저의 발밑을 중심으로 서릿발이 생겨나 주위의 밭을 뒤덮었다. 그렇게 생성된 서릿발에서 얼음 창이 튀어나와 허공의 왕녀를 겨냥했다.

"쏴라!"

"돌아라."

마인의 포효와 왕녀의 속삭임.

적이면서도——대조적인 두 사람이면서도——.

그 목소리는 그야말로 단상에서 노래하는 듀엣(이중창)처럼 멋지게 일치했다.

얼음 창이 튕겨 날아간다. 눈에 보이지 않는 대기의 바람에 휩쓸려서.

이는 단순한 힘의 차이였다. 상대의 성령술의 「절반」을 빼앗는 샐린저의 성령술은, 순혈종이 발휘하는 성령술의 위력에는 미치지 못하는 것이다.

"크윽!"

점프해서 뒤로 물러나는 샐린저.

왕녀가 착지하기 전에 몇 미터나 후퇴했다. 그리고 그곳에 뒤늦게 착지한 밀라베어 왕녀는 둘 사이의 거리를 좁히려고 대지를 박차더니——.

"!"

달리면서 몸을 비틀었다.

균형을 잃은 것처럼 보였지만 실제로는 그렇지 않았다. 적어도 샐린저는 그것을 본 순간, 이마에서 식은땀이 흐르는 것을 느꼈다.

"설마, 피한 거냐?!"

"보였습니다."

공기를 극도로 압축시킨 무색투명한 기뢰.

왕녀의 성령술이 아니었다.

이것은 샐린저가 사전에 설치해둔 덫이었다. 『충격』의 성령술사인 밀라베어 왕녀에게 설마 똑같은 『충격』의 덫을 놓을 리 없다——.

그런 심리적 맹점을 찌르는 덫이었는데, 그게 완벽하게 간파당하고 말았다.

"공기의 층이 일그러져 있습니다. 아지랑이처럼."

"윽! 네놈은…… 대체 눈이 어떻게 되어먹은 거야?!"

깨달았다.

이 왕녀는 순혈종이라서 강한 것이 아니다. 단순히 인간으로서
강한 것이다.

……왕녀가 접근한다.

……그렇다면 지근거리 전투는 어쩔 수 없다. 번개의 성령술로
요격을——.

공기의 절단음.

어깨를 가르는 날카로운 통증 때문에 샐린저의 생각은 거기서
중단됐다.

"벌써 끝났나요?"

오른손의 나이프를 휘두른 왕녀.

이 작은 왕녀가 지금보다 한 발짝만 더 보폭이 넓었더라면, 샐
린저의 왼팔은 어깨에서부터 싹 떨어져 나갔을 것이다.

"4일이나 시간을 줬는데. 아직도 그 정도 수준입니까."

"~~~~~~!"

이 괴물 놈이.

그런 말을 내뱉는 한순간조차 아껴가면서 샐린저는 두 주먹을
불끈 쥐었다.

비장의 수단.

온갖 사태를 상정해서 남겨둔 기책이 있었다.

"부풀어라."

"?"

샐린저의 손가락이 딱! 하는 소리를 냈다.

그 동작을 코앞에서 본 순간, 밀라베어 왕녀는 거의 무의식적으로 나이프를 치켜든 손을 멈추었다.

부풀라고? 그게 무슨 뜻일까?

이미 자신은 샐린저의 품속까지 뛰어들었다. 나이프로 한 번 찌르기만 하면 된다. 그런데 그 최후의 일격 대신 왕녀는 뒤를 돌아보는 것을 선택했다.

본능이 그러라고 시켰기 때문이다.

"!"

왕녀는 눈을 크게 떴다.

──태양처럼 활활 타오르는 거대한 불덩어리.

샐린저가 허공에 발사했던 조명용 불덩어리가 어느새 수십 배로 부풀어 오른 것이었다.

"평범한 샹들리에인 줄 알았냐?"

왕녀를 내려다보면서 샐린저는 승리의 포효를 했다.

일류 무대라면──.

샹들리에는 평범한 조명이 아니다. 천장에서 뚝 떨어지는 무대 장치가 되어야지만 비로소 진가를 발휘하는 것이다.

"폭염의 성령술『적제(赤帝)』."

그것은 성장하는 성령술이었다.

공중에 떠 있는 동안에 시간이 경과할수록 점점 부풀어 오른다. 그러다가 최대 규모까지 성장하면 그 위력은 순혈종의 성령술과도 맞먹게 된다.

"불……!"

"눈치챘구나. 너의 대기로는 막아낼 수 없어!"

불의 열은 대기를 통해 전해진다.

밀라베어 루 네뷸리스 8세의 성령술이 대기라면, 이렇게 엄청난 지근거리의 고열 공격은 방어 불가능.

"터져라."

밤에 태양이 떠올랐다.

공기를 태우고, 밭의 흙을 태우고, 그 주위의 나무들까지 순식간에 탄화시키는 초고열.

모든 사람의 시야를 뒤덮을 정도로 빛이 크게 부풀더니——.

세계가 조용해졌다.

확산되는 열파의 맹렬한 기세가 수그러든 다음에——.

"……괴물 같은 놈."

샐린저는 시커멓게 타버린 대지에 벌렁 드러누워 있었다.

왕녀가 그를 넘어뜨리고 그 위에 걸터앉은 것이다.

"……어째서 멀쩡한 거냐…… 네놈의 성령술은, 대기잖아……?"

"대기 맞습니다."

샐린저의 목을 왼손 하나로 조르는 소녀.

분명히 가느다란 팔인데도, 마치 바이스처럼 묵직하고 강한 힘으로 샐린저의 경동맥을 압박하고 있었다.

"모르겠어요?"

"윽! 진공인가?!"

진공에서는 열이 전달되지 않는다.

이 여자를 잘못 봤구나. 설마 대기를 조종해 진공 상태를 만드는 것까지 가능할 줄이야.

"더 이상 저항할 마음도 안 나죠?"

왼손으로 샐린저의 목을 세게 조르면서.

오른손으로 나이프를 고쳐 쥐었다.

거꾸로 쥔 나이프를 치켜든 왕녀의 눈빛은 무서울 정도로 무감정하고 무기질적이었다. 그저 지푸라기 인형을 상대하는 것 같은 말투였다.

"끝입니다."

치켜든 오른팔을, 똑바로 상대의 목을 내리찍듯이 휘둘러——.

⋯⋯툭.

한 방울의 핏방울.

그것은 나이프의 타깃이 된 샐린저의 피가 아니었다.

"⋯⋯⋯⋯."

소녀의 손이 멈췄다.

나이프의 칼날이 샐린저의 숨통을 끊어놓기 직전에 정지했고.

왕녀는 샐린저의 뺨 위에 떨어진 피를 뚫어져라 응시하고 있었다.

"…………내 피?"

그것은 왕녀의 뺨에 쭉 그어지듯이 생긴 한 줄기 상처였다. 몸싸움 도중에 샐린저가 죽을힘을 다해서 했던 손날 공격이 살짝 스친 것이다.

"————."

"……왜. 어째서 손을 멈춘 거냐."

왕녀를 쳐다보는 샐린저.

상대가 그를 넘어뜨리고 그 위에 걸터앉아 강철 같은 완력으로 목을 조르고 있어서 당장이라도 숨이 넘어갈 것 같았지만, 그래도 샐린저는 틈만 나면 반격의 기회를 노리고 있었는데——.

"내가 여기서 공격을 멈춘다면. 굴욕인가요?"

"……무슨 소리냐."

이 왕녀의 마음에 안 드는 점이었다.

표정이 결락되어 있기 때문일까. 무슨 의도로 말하는 건지 이해하기 어려웠다.

"굴욕이겠죠? 내가 여기서 공격을 멈춘다면 굴욕이겠죠? 네, 그러니까 그렇게 하겠습니다."

"……뭐라고?"

"당신을 이용하고 싶어졌습니다. 나의 장난감이 되어주세요."

"너 이 자식!"

핏발이 선 눈을 부릅뜨면서 샐린저는 어금니를 꽉 깨물었다.

이 계집애는 나를 우롱하려는 건가.

"……웃기지 마라, 이 계집!"

"날뛰지 마세요. 내가 목을 조르고 있으니까요. 이대로 계속 날뛰면 목뼈가 부러져버릴 겁니다."

왕녀의 손에 한층 더 힘이 실렸다.

조용히 해. 그렇게 힘으로 압박해서 조교하는 것 같았다.

"샐린저. 나의 훈련 도구가 되어주세요."

"……건방 떨지 마라. 네가 나를 살려놨는데, 내가 다른 왕족의 성령술을 빼앗는다면 어쩔 건데?"

"그거 좋네요. 마음껏 하세요."

"뭐라고?"

"나는 루 가문의 일원. 조아, 히드라와는 여왕 자리를 놓고 다투고 있습니다. 당신이 그 성령술을 빼앗는다면 양가의 힘이 그만큼 줄어들겠죠. 내가 여왕으로 선택될 가능성이 커집니다. 나는 못난 왕녀이긴 하지만, 일단은 어머니와 시종의 소원도 이뤄주고 싶다고 생각하니까요."

"————."

잘못 알고 있었다.

샐린저가 아는 왕가는, 최강의 성령술사 일족으로서 대충 하나로 묶이는 존재였는데.

……그게 아니란 말인가.

……시조의 말예들은 하나로 똘똘 뭉친 게 아니라는 건가.

이렇게 어린 왕녀가 이런 말까지 하다니.

태어났을 때부터 상당히 추한 골육상쟁을 벌여온 것이리라.

"거참 듣기 거북하군. 그러고도 잘도 3대 왕가라고 떠벌리고 다니는구나."

"당신이 남을 비웃을 권리 따윈 없을 텐데요. 그 추한 왕가의 일원인 내가 당신을 살려주고 있으니까."

"그런 교만한 태도를 영원히 유지할 수 있을 거라고 생각하지 마라."

창백해진 입술로——.

목이 졸려 숨도 제대로 못 쉬면서도 샐린저는 씹어 뱉듯이 말했다.

"……인형 주제에."

"나를 지루하게 만들지 마세요. 당신은 내가 살려놓고 이용하는 존재입니다."

인생 최대의 굴욕.

이날을 위해 철저히 가상 전투를 거듭했는데도 결국 졌다. 쉽게 따라잡을 수 없는 실력 차이. 이처럼 약한 자신에 대한 분노가 원동력이 되어——.

샐린저의 도전이 시작되었다.

굴욕의 날로부터 이틀 후.

세 번째 도전.

샐린저는——.

온몸에서 엄청난 피를 흘리면서 벌러덩 드러누워 있었다.

"샐린저, 당신은 바보입니까?"

이쪽을 내려다보는 소녀.

태양을 등지고 있어 얼굴은 보이지 않았지만, 그 눈에 아무런 감정도 담겨 있지 않으리란 것은 쉽게 상상할 수 있었다.

"그 어깨."

"……윽……."

소녀가 철판을 넣은 신발 밑창으로 어깨를 짓밟자——.

샐린저의 목구멍에서 고통스러운 신음 소리가 흘러나왔다.

이틀 전에 베였던 어깨의 상처였다. 그 상처가 벌어져 순식간에 어깨가 붉게 변해갔다.

"다음에는 어깨의 상처가 아물고 나서 도전할 것이다. 내가 그렇게 예상하고 있을 거라고 판단해서, 일부러 상처가 낫기도 전에 기습한 거죠……?"

휴 하고.

빛이 비치지 않는 뒷골목에 밀라베어 왕녀의 한숨 소리가 메아리쳤다.

"내가 방심할 줄 알았습니까? 아, 하지만 당신이 이렇게 단순한 작전을 세울 줄은 몰랐으니까요. 무심코 내 눈을 의심했습니다. 그런 의미에서는 당신의 기습은 대성공한 거죠."

"……이…… 기계 인형이…………크윽?!"

어깨가 한층 더 강하게 짓밟혔다.

"다음에는 좀 더 멀쩡해져 있길 바랍니다. 안 그러면 사냥할 거예요. 나를 만족시킬 정도로 강해지는 것이 당신이 살기 위한 조건입니다. 잊지 마세요."

그리고 떠나갔다.

뒷골목——.

누군가가 뱉어놓은 껌이 붙어 있는 바닥에 쓰러진 채. 샐린저는 격분한 표정으로 주먹을 꽉 움켜쥐었다.

"⋯⋯⋯⋯다음이다!"

다음에는 반드시.

결전의 기회는 결코 부족하지 않았다. 왜냐하면 밀라베어 왕녀는 일주일에 한 번씩은 성에서 나오기 때문이다.

같은 전철을 밟을 수는 없다.

분석하자. 자신이 왜 졌는지.

⋯⋯내가 진 것은 성령술의 차이 때문이 아니다.

⋯⋯세 번이나 나는 그 여자의 초인적인 전투술에 농락당했다.

성령술사답지 않은 육탄전.

타고난 성령만 믿고 교만하게 구는 왕가——라는 자신의 고정관념을 뒤엎어주는 상대란 것은 인정하자. 인정하지 않을 수 없었다.

"그 녀석의 근접 전투술을 봉인한다⋯⋯ 예를 들면 숲에서 싸운다든가?"

나무들이 복잡하게 자라 있고, 바닥에는 울퉁불퉁한 나무뿌리가 있어서 방해될 것이다.

　숲에서는 그 밀라베어 왕녀의 기동력도 죽일 수 있다. 하지만 지금까지의 싸움은 언제나 상정 범위에서 벗어났었다. 그래, 좀 더 만전을 기한다면.

　"……비인가!"

　비에 젖으면 몸도 무거워진다.

　숲의 지면이 질척해지면 엄청나게 움직이기 불편해질 테고.

　힘으로 상대를 압도하는 것이 밀라베어 왕녀의 스타일이라면, 자신은 왕녀의 그런 강점을 박살내는 스타일로 상대해줄 것이다.

　"좋아, 다음이다. 다음에는 반드시 네놈이 무대에서 퇴장하는 피날레가 될 것이다!"

　샐린저의 계획은——.

　——충격『풍인(風刃) 풍계 만다라』.

　밀라베어의 회오리에 휩쓸려 날아가 버렸다.

　깊숙한 삼림 속.

　금발 머리 왕녀가 만들어낸 폭풍은 주위 수십 미터 내에 있는 나무들을 가볍게 비틀면서 두 동강을 내버렸다.

　"이런 광경을 보는 것도 슬슬 지겨워지네요."

　"…………윽, 이 계집애가…………."

바닥에 엎드린 자세로 쓰러진 샐린저.

그의 온몸에는 채찍질을 당한 것처럼 길게 부어 오른 새빨간 상처가 남아 있었다. 회오리에 휩쓸려 수백, 수천이나 되는 바람의 채찍에 얻어맞는 바람에 하마터면 온몸이 찢어질 뻔했다.

"……사기꾼 같은 놈……."

숲이 소실됐다.

밀라베어 왕녀가 발동시킨 터무니없는 위력의 성령술 때문에.

"무슨 능구렁이처럼…… 근접 전투를 좋아하는 척하더니, 실은 이렇게 강한 성령술을 숨기고 있었던 거냐……."

"샐린저."

소녀가 몸을 수그렸다.

엎드린 채 고개를 든 그의 얼굴을, 무례할 정도로 자세히 들여다보더니 말했다.

"당신은 성령술사가 아니라. 『성령의 도구』 같은 거군요."

그게 무슨 뜻이냐.

이 왕녀는 말투도 너무 독특해서 진의를 파악할 수 없었다. 그저 직감적으로 이 왕녀가 자신을 깔본다는 것만은 알 수 있었다.

"당신은 성령술을 수집하는 데 집착하면서, 강한 성령술을 마구 흩뿌리는 것이 강한 거라고 생각하고 있죠."

"……그게 진리잖아?"

"하지만 그것은 전부 다 당신의 성령술은 아닙니다."

당연하지.

수경의 성령은 성령의 절반을 거울처럼 복사하여 소유할 뿐이다. 샐린저가 사용하는 성령술이 남한테서 징수한 성령술이란 것은, 단순히 사실만 나열한 것이다.

　"샐린저."

　왕녀가 또다시 이름을 불렀다.

　"당신은 자기 성령을 싫어하죠?"

　"으윽!"

　온몸이 경련했다.

　눈꺼풀이 찢어지는 게 아닐까 싶을 정도로 눈을 확 부릅뜨고, 움직여지지 않는 몸으로 안간힘을 쓰면서, 이쪽을 내려다보는 소녀를 쏘아봤다.

　"……너, 이 꼬마 계집애가!"

　"성령술사의 정점에 군림할 것이다. 그러니까 왕가도 뛰어넘을 것이다. 그만한 야심을 가지고 있으면서도, 당신은 남한테서 빌려 온 성령밖에 못 쓴다. 그 점에 대해 갈등을 느끼고 있다."

　"———."

　아니야. 그렇게 말할 수는 없었다.

　진심으로 그 문제와 정면으로 마주해본 적이 없었기 때문이다.

　"자기 자신과 똑바로 마주해봐야 합니다. 자신의 성령과 화해하면, 어쩌면 그 성령도 새로운 성령술을 탄생시켜줄지도 모릅니다."

　"…………네놈이…… 뭘 알아!"

"압니다."

"뭐?"

"왜냐하면 내가 방금 발동시킨 성령술은 겨우 며칠 전에 고안한 것이니까요."

"……뭐……라고?"

소녀가 이쪽을 들여다봤다.

그대로 몇 번인가 눈을 깜빡거리더니 말을 이었다.

"이것은 당신을 위해서 생각한 성령술입니다."

"…………?!"

"나는 당신이 다음 전장으로 숲을 고를 거라고 예상했습니다. 그것도 비 오는 날. 그래서 나는 생각했습니다. 그러면 숲이든 비든 전부 다 날려버리자고."

손바닥 위에서 놀아난 것이다.

하지만 그런 사실보다도 더 깊숙하게 샐린저의 마음에 꽂힌 한마디가 있었다.

……나를 위해서 생각해 낸 성령술이라고?

……이 자식이, 오로지 나와 싸우기 위해서?

머릿속이 새하얗게 변해서 말이 나오질 않았다.

나 혼자만 그런 게 아니었던 것이다.

이 왕녀도 마찬가지. 자신과의 싸움에 그만큼 심혈을 기울이고 있었다.

그것은——.

곰곰이 생각해보면 참으로 엄청난 일이 아닌가?

그런 생각을 떠올린 순간.

"좋아요, 계속 그렇게 해주세요. 샐린저."

왕녀가 그의 머리를 쓰다듬었다.

기르는 개를 쓰다듬는 것처럼. 다정하고 자애로운 손길로.

"그런 식으로 계속해서 나에게 도전하세요. 나의 장난감."

"~~~~~~~~~으읏!"

"밤이 되기 전에 일어나지 않으면 큰일 날 겁니다. 이 부근에는 들개가 출몰하니까요."

그런 말을 남기고.

전투인형답게 정확하고 일정한 걸음걸이로 밀라베어는 숲을 떠났다.

━━━━━━━━━

네뷸리스 왕궁, 별의 탑.

당주의 개인실 「별들의 마천루」에서.

자리에 누운 당주 리리엘과, 교육 담당 슈바르츠가 서로 얼굴을 마주 보고 있었다.

"슈바르츠. 요새 우리 딸 말인데요."

"……정말 죄송합니다. 당주님. 아가씨가 어쩌다 저렇게 되었는지는 저도 잘 모르겠습니다……."

요새 밀라베어는 뭔가 이상했다.

친부모인 당주와 교육 담당인 슈바르츠가 아니면 눈치채지 못할 정도로 미미한 차이이긴 하지만——.

생기가 돌기 시작한 것이다.

매일 밤낮으로 밀라베어는 자기 방에서 묵묵히 나이프를 갈고 있었다.

화장은 안 해도 이틀에 한 번씩은 제대로 목욕하게 되었고, 밖에 나갈 때 입는 전투복도 시종에게 명령해서 매번 깔끔하게 다려놓게 했다.

마치——.

사랑하는 남자 친구를 만나기 위해 최대한 예쁘게 꾸미는 것처럼.

몸단장에 신경을 쓰게 되었다.

단, 왕족의 드레스가 아니라 전투할 때 입는 의상이지만.

"……아가씨 말씀으로는 자율 훈련을 하고 계신다는데요. 비밀주의가 너무 심해서요. 언제 어디로 나가시는지 가르쳐주시질 않습니다."

"슈바르츠. 하다못해 그 아이가 어디로 가는지 확인할 수는 없나요?"

"……죄송하지만 미행하고 싶어도 안 됩니다. 아가씨는 성 창문에서 뛰어내려 밖으로 나가시기 때문에."

정문에서 감시하고 있어봤자 잡을 수 없는 것이다.

네뷸리스 왕궁에는 창문이 수백 개나 있다.

그중 하나를 랜덤으로 선택해 뛰쳐나가기 때문에, 밀라베어를 미행하려면 그 모든 창문에 감시원을 배치하는 수밖에 없는데.

물론 그것은 불가능했다.

"……아가씨는 '즐겁다'라고 하셨습니다."

"훈련이 즐겁다고요?"

"네. 아가씨의 말씀을 믿는다면 그렇습니다. '기대에 부응해준다. 그래서 즐겁다'라고 하시더군요……."

"기대에 부응한다?"

자리에 누운 당주가 의아한 것처럼 눈살을 찌푸렸다.

"그게 누구에 대한 이야기인가요?"

"그, 글쎄요…… 다만 아가씨의 훈련에 동반자가 있는 것은 확실한 듯합니다."

도대체 정체가 뭘까.

최강의 여왕 후보라고 소문난 밀라베어가, 그렇게까지 평가하는 상대는 누구일까.

한동안 묵고해봤지만──.

당주와 교육 담당은 그게 누구인지 상상조차 하기 어려웠다.

"젠장, 그 꼬마 계집애가!"

중앙주, 도시 교외——.

사람들이 접근하지 않는 오래된 오두막에 틀어박혀서 샐린저는 침대에 걸터앉아 부들부들 떨고 있었다.

"……대체 어떻게 되어먹은 거야, 그 괴물은?!"

밀라베어 왕녀는 지나치게 강했다.

성령술도, 근접 전투술도, 심지어 심리전도.

……사상 최강의 여왕 후보인가.

……그렇겠지. 그 여자애는 아무리 봐도 이물(異物)이다. 돌연변이다.

인간과 싸운다는 느낌이 들지 않았다.

짐승은커녕 생물도 아닌 것 같았다. 그것은 철저히 살육만 프로그래밍되어 있는 기계다.

"살아 있는 인형인가……."

나이프를 휘둘러 내장을 파내려고 하고, 목을 졸라 질식시키려고 한다.

충격의 성령술로 온몸을 산산조각으로 분해하려고 한 것도 벌써 수십 번은 될 것이다.

그것도 눈썹 하나 까딱하지 않고.

……망설임이라곤 전혀 없었다.

……내가 아니었으면 이미 30번은 족히 죽었을 것이다.

하지만.

"나는 살아 있다."

붉게 부어 오른손을 움켜쥐었다.

그렇다. 이렇게 많은 결투를 벌였는데도, 그 모든 결투에서 나는 살아남았다.

나라서 살아남은 것이다.

나 말고는 없는 것이다. 그 왕녀에게 어울리는 상대는.

어느새——.

샐린저 본인도 자각하지 못한 사이에.

그토록 강력했던 왕가에 대한 집착은 눈 녹듯이 사라졌다.

하지만 이기고 싶다.

그 왕녀를 이기고 싶다.

왕가 전체를 합쳐서 천칭에 올려놓은 것보다도, 그 가증스러운 왕녀 한 명의 무게가 훨씬 더 무거웠다.

"……아, 왕가. 그러고 보니 그 해석은 어떻게 됐지?"

히드라 가문의 호위병한테서 빼앗은 태양의 브로치.

그 안에는 기묘한 메모리칩이 내장되어 있었다. 거금을 들여 그것을 해석해 달라고 기술자에게 의뢰했었다.

……아마도 해석은 오래전에 끝났을 텐데.

……돈만 받고 튄 건가.

뭐, 이제는 어찌 되든 상관없다.

현재 자신이 집착하는 대상은 그 전투 인형과의 결투밖에 없으니까.

"다음에는 진짜로————쯧."

찬장 문을 열었다가 샐린저는 살짝 혀를 찼다.

식량이 떨어진 것이다.

밀라베어 왕녀에게 집착하느라 바빠서 식량을 보충하는 것도 잊고 있었다.

불행 중 다행이라고나 할까. 자신이 오로지 밀라베어한테만 관심을 가지는 바람에 "마인이 완전히 모습을 감춰버렸다"라는 소문이 퍼지기 시작한 것 같았다.

……초월의 마인 샐린저는 꼬리를 말고 중앙주에서 도망쳤다?

……그렇게 믿고 싶다면 마음대로 해라.

당당하게 번화가를 활보해주마.

어차피 경비대의 감시도 심하지 않고. 만에 하나 들키더라도 어떻게든 될 것이다.

그러한 과신이——.

샐린저의 가장 치욕스러운 한 장면을 만들어내고 말았다.

딱 마주친 것이다.

"……아."

태양이 찬란하게 빛나는 대낮에——.

변장한 샐린저와.

평소처럼 비옷으로 모습을 감춘 밀라베어가 교차로에서 우연히 마주쳤다.

설마 대낮에 당당하게 번화가에서 돌아다닐 리 없다.

둘 다 그렇게 생각하고 있었는데.

"샐린저?"

"……너는!"

여기가 공공장소인 것조차 잊어버리고 샐린저는 소리를 질렀다.

바로 얼마 전에도 참패했었다.

아직 상처도 낫지 않았지만, 그게 뭐가 대수인가. 일단 마주친 이상 사이좋게 인사나 하고 헤어질 만한 사이는 아니었다.

그렇게 생각했다——.

"아…… 아하, 아하하하하하하하하하!"

숙적인 왕녀가 돌연 배꼽을 쥐고 웃음을 터뜨리기 전까지는.

웃어?

눈썹 하나 까딱하지 않고 나이프를 휘두르는 기계 인형이?

"아하하하하하, 새, 샐린저, 뭐 하는 거예요? 지, 지…… 지금, 나를 웃다가 죽게 만들려는 건가요?! 아하하하하하!"

"……뭐라고?"

"아, 아니 그게, 그 대단한 샐린저가 슈퍼마켓 봉지를 들고 돌아다니다니! 일반인들과 함께 슈퍼에 옹기종기 모여서 채소와 고기를 고르고, 계산대 앞에서 줄을 섰다는 거잖아요?"

"…………."

그게 뭐가 문제인데.

실제로 자신은 슈퍼마켓 봉지를 양손에 들고 있었다. 한동안 오두막집에 숨어 있을 예정이라 식량을 쟁여놓으려고 한 것이다.

"……그래서. 뭐?"

"그렇게 온갖 멋있는 척을 하면서 '오늘이야말로 네놈이 바닥에 무릎을 꿇을 날이다!' 하고 나한테 도전하던 남자가, 슈퍼에서 평범한 주부들과 함께 계산대에 줄 서 있는 모습을 상상했더니…… 아, 아하, 아하하하하하하하하하, 아, 안 돼요. 그래요, 내가 졌어요!"

왕녀가 바닥을 구르기 시작했다.

교차로에서. 지나가던 사람들의 시선이 일제히 집중되는 것도 개의치 않고.

"이, 이거 정말, 무서운 계책이군요. 설마 내가 꼼짝도 못 하게 될 줄이야!"

"……이봐."

"심지어 고기에는 특매품 딱지까지 붙어 있고! 도대체 주부들과 얼마나 처절한 쟁탈전을 벌였을지!"

"입 다물어!"

투명한 슈퍼마켓 봉지 안에서 보이는「특매품」딱지. 그것을 발견한 왕녀는 눈물까지 흘리면서 손가락질을 해댔지만, 샐린저의 입장에서는 지독한 망상일 뿐이었다.

자신은 아무 생각 없이 상품을 집어 들었다. 그런데 그게 하필이면 특매품이었을 뿐이다.

"……쳇. 시시하군."

빙글 몸을 돌려 교차로를 건너갔다.

흥이 깨졌다. 포복절도하는 왕녀를 보고 어안이 벙벙해진 것도 사실이고, 이렇게까지 군중의 이목을 끌었으니 금방 경비대도 달려올 것이다.

"앗, 잠깐만요."

뒷골목으로 들어가려고 했을 때.

뒤에서 포복절도하던 왕녀가 종종걸음으로 쫓아왔다.

"오늘은 휴전인가요?"

"내 눈앞에서 꼴사납게 웃다 쓰러진 게 누구냐. 그냥 너는 운 좋게 목숨을 건졌다고 생각해라."

"네. 하마터면 웃다가 죽을 뻔했어요."

"…………"

"아, 저기요. 잠깐만 기다리라니까요. 뭐, 그건 그렇고, 내가 이렇게 시내를 돌아다니고 있었던 것은 왕가에는 비밀로 해주세요."

내가 도대체 무슨 수로 왕가에 고자질한단 말이냐?

그렇게 따지는 것조차 귀찮아서 침묵으로 일관했다. 그러자 왕녀는 평소의 무감정한 눈빛으로 이쪽을 쳐다보면서 말했다.

"회의 도중에 졸다가 대신한테 혼나서, 열 받아서 왕궁을 뛰쳐나온 겁니다. 하기야 늘 있는 일이지만요."

"……네가 그랬다고?"

조그만 소녀를 뚫어져라 마주 봤다.

"성에서 뛰쳐나와 여기까지 어슬렁어슬렁 걸어왔단 말이냐?"

"회의장은 잠자는 곳이에요. 나의 본분은 싸우는 것이니까, 전장에서 쌓인 피로를 회의장에서 자면서 푸는 것은 당연한 일이잖아요?"

의외였다.

자신은 그저 밀라베어 왕녀의 귀기 넘치는 전투광(戰鬪狂)으로서의 모습밖에 몰랐지만, 그래도 왕녀로서의 직무도 완벽하게 수행하는 줄 알았다.

기계처럼 정확하게.

기계처럼 담담하게.

그런데 현실은 어떤가. 회의장에서 졸았다? 대신과 싸우고 삐쳐서 도망쳐 나왔다?

"마치 인간 같군."

"그게 무슨 뜻인지는 모르겠지만, 아무튼 잘 부탁합니다."

그리고 떠나갔다.

변함없이 그 발소리는 무음이었고, 등을 돌리는 동작도 더없이 민첩했지만.

"……저 전투 인형도 웃는구나."

처음 봤다.

……내 피를 뒤집어써도 눈썹 하나 까딱하지 않던 주제에.

……그렇게 배꼽을 쥐고 숨넘어갈 정도로 크게 웃다니. 이럴 수도 있나.

"쯧. 시시해."

그렇게 말하면서 샐린저는 머리를 좌우로 흔들었다.

이대로 있다간──왕녀의 웃는 얼굴이 뇌리에 선명하게 새겨질 것 같은 예감이 들었으므로.

귀여웠다.

저 왕녀는 전투 인형이다. 순수하게 그렇게 생각했었다. 그런데…….

"멍청한 놈!"

주먹으로 벽을 때렸다.

"오늘만 예외다. 다음에는 그냥 보내주지 않을 거야."

처음이었다.

두 사람이 만났는데도 피를 흘리지 않고 헤어진 것은.

불완전 연소일 텐데도 신기하게도 가슴속에 불만이 생기진 않았다…… 바로 그 점 때문에 짜증을 느끼면서 샐린저는 어금니를 꽉 깨물었다.

돌이켜보니──.

그 전투 인형이 웃었을 때부터, 두 사람 사이의 뭔가가 달라지기 시작했다.

며칠 후.

샐린저는 늘 그랬듯이 밀라베어 왕녀에게 도전했다가 늘 그랬듯이 참패했다.

그리고 평소처럼 이어지는 총평——.

"샐린저. 완력으로 나한테 지면 어쩌자는 거예요?"

"샐린저. 당신의 성령술은 너무 거칠어요."

"샐린저. 당신이 먼저 기습해놓고 그걸로 끝이에요?"

동정이 아닌 멸시를 담아서.

왕가의 전투 인형인 왕녀는 몇 번이나 샐린저를 내려다보면서 그런 말을 했다.

"샐린저."

그리고 오늘.

"당신은 역시 성령술사가 아니라『성령의 도구』군요. 자신이 빼앗은 성령술을 닥치는 대로 사용하고 있을 뿐이죠. 그러면 개별적인 성령을 극도로 발전시킨 성령술사한테는 이길 수 없습니다."

"레퍼토리가 바닥난 거냐."

"네?"

"그 설교는 저번에도 들었다는 뜻이다."

깨진 이마에서 흘러내리는 피.

나무줄기에 몸을 기댄 채 샐린저는 전신을 부들부들 떨면서도 용케 몸을 일으켰다.

"……네놈의 그, 감정 없는 설교도 마침내 레퍼토리가 바닥났구나. 하기야 꼬마 계집애니까…… 나이에 걸맞게 어휘력이 빈곤한가 보군?"

"같은 말을 몇 번이나 하게 만드는 당신이 발전이 없는 거죠."

중앙주의 도시 교외.

네뷸리스 왕궁이 내려다보이는 언덕. 그곳에서 왕녀는 살짝 땀에 젖은 금빛 머리카락을 손가락으로 빗었다.

그 동작은――.

샐린저가 처음 본 밀라베어 왕녀의「인간다운」동작이었다. 그것을 굳이 언급해줄까 말까 딱 한순간 망설인 사이에.

"그리고 새삼스러운 이야기지만, 나는 꼬마 계집애가 아닙니다."

왕녀가 그렇게 말했다.

신록이 푸르른 언덕으로 불어오는 바람을 받아 앞머리를 부드럽게 날리면서.

"밀라라고 불러주세요."

"……뭐라고?"

"내가 당신을 샐린저라고 부르는데, 당신이 나를 꼬마 계집애라고 부르는 것은 평등하지 않다고 봅니다."

내가 잘못 들었나? 하는 의심부터 들었다.

샐린저는 왕족의 이름과 얼굴을 모두 다 조사했다. 이 왕녀는 밀라베어 루 네뷸리스 8세였다.

　"이제 와서 거짓말을 하는 거냐? 네놈의 이름은 밀라베어——."

　"밀라입니다."

　"?"

　"밀라베어란 이름은 깔끔하지 않아서 마음에 안 듭니다. 짧게 밀라라고 불러주세요."

　"허! 내가 그런 명령에 따를 것 같아?"

　가볍게 한 번 웃고 무시해버렸다.

　남의 명령에 복종하는 것은 이 세상에서 가장 치욕스러운 일이다.

　"이 세상에서 나는 오로지 나만 따른다. 누구의 밑에도 들어갈 마음은 없어. 네놈을 밀라라고 부르라고? 너를 어떻게 부를지는 내 마음——."

　"밀라베어라고 부르면, 두 번 다시 당신과는 싸우지 않을 겁니다."

　"………………"

　이 비겁한 놈.

　그런 한심한 욕밖에 안 떠올랐다. 샐린저는 말문이 막혀버렸다. 그와 동시에——.

　자신이 지금 얼마나 이 왕녀에게 의존하고 있는지도 자각하고 말았다.

　"내 이름은 밀라입니다."

소녀는 눈 하나 깜짝하지 않았다.

혹시 제삼자가 이 한없이 맑은 눈동자를 봤더라면, 틀림없이 그것이 평생의 소원일 거라고 느꼈을 것이다.

"부탁합니다. 샐린저."

"…………."

오랜 침묵과 갈등 끝에.

체념의 한숨을 내쉰 사람은 샐린저였다.

"……밀라. 자, 됐냐?"

"감사합니다."

무표정한 얼굴로 그렇게 대답한 뒤. 금발 머리 소녀는 빙글 돌아서서 나이프를 허리춤에 도로 집어넣었——.

"아야!"

밀라의 작은 비명이 들렸다.

그 손에는 일직선으로 쭉 그어진 붉은 상처가 생겨나 있었다. 아마도 나이프 칼끝이 밀라의 손가락에 스친 것 같았다.

"……내가, 겨우 이런 일로 동요하다니."

"응? 뭐냐."

"아무것도 아닙니다. 그럼 이만 실례하겠습니다. 다음에도 나를 실망하게 하지 마세요."

왼손의 베인 상처를 은근슬쩍 오른손으로 덮어 가리면서.

밀라는 총총히 언덕을 뛰어 내려갔다.

그 후 이루어진 결투에서.

　샐린저는 루의 제1왕녀를 꼬박꼬박 「밀라」라고 불렀다. 거기에
어떤 의도가, 또 어느 정도의 감정이 담겨 있는지도 모르는 채.

　다만.

　왠지 이 관계가 마음 편하다고 느끼기도 했다.

　그런 두 사람의 생각과는 상관없이──.

　무대에는 폐막의 순간이 다가오고 있었다.

Chapter.4

『 등불
　 ─성전(사랑)을 알기에는 너무 어려서,─』

the War ends the world /
raises the world

1

"아가씨, 일어나 계셨어요?!"

네뷸리스 왕궁, 별의 탑.

아직 하늘은 어둡고 지평선 끄트머리만 희미하게 붉어진 새벽. 밀라베어 왕녀를 깨우러 온 슈바르츠는 믿을 수 없는 장면을 보았다.

왕녀가 일어나 있는 것이다.

물론 왕녀도 가끔은 일찍 일어나곤 했다. 배가 고프거나, 전날 낮잠을 너무 많이 자서 밤잠을 제대로 못 자거나 할 경우에는. 전혀 없는 일은 아니었다.

하지만 이번에는.

"……아가씨, 도대체 뭐 하시는 겁니까?"

책상 앞에 앉아 역사서를 펼쳐놓고. 손에는 펜을 쥐고 메모하고 있었다.

설마 이것은.

"공부를 하고 있었습니다."

"공부우?!"

세상에서 가장 안 어울리는 왕녀의 한마디를 듣고, 슈바르츠는 손에 들고 있던 티세트를 바닥에 떨어뜨리고 말았다.

"앗?! 시, 실례했습니다! 제가 이런 실수를⋯⋯."

"＿＿＿＿."

밀라는 대답하지 않았다.

실은 본인도 익숙하지 않은 공부를 하느라 정신이 없었다. 바닥에 홍차가 쏟아지든 컵이 깨지든 간에 일일이 반응해줄 여유가 없는 것이다.

"슈바르츠. 식사는 테이블에 놔두고 가주세요."

"⋯⋯아, 알겠습니다⋯⋯ 저, 그런데⋯⋯."

슈바르츠가 역사서를 들여다봤다.

"아가씨, 대체 어떻게 되신 겁니까? 그렇게 공부를 싫어하셨으면서⋯⋯."

"특별한 이유는 없습니다."

역사서의 단어를 메모지에 옮겨 적으면서 말했다.

"나도 왕녀입니다. 최소한의 교양은 익혀둬야겠다고 생각했습니다. 역대 여왕의 이름도 말하지 못하는 거냐? 이 교양 없는 녀석아! 하고 바보 취급을 당했거든요."

"⋯⋯바보 취급을? 누가요?"

"＿＿＿＿."

아차, 실수했다.

속으로 그렇게 중얼거리면서도 당연히 밀라는 표정으로 티를 내진 않았다.

"슈바르츠도 이름은 들어본 적이 있을 겁니다."

"이 성의 가신인가요?"

"상상에 맡기도록 하죠. 그리고 보다시피 나는 바쁩니다. 할 말이 그걸로 끝이라면──."

"아뇨, 보고할 것이 있습니다. 중요해요······!"

슈바르츠는 허둥지둥 자세를 바로 했다.

"보고 드립니다. 모레로 예정됐던 성 아랫마을의 퍼레이드가 중지됐습니다."

"알겠습니다."

슈바르츠의 얼굴도 보지 않고 대답했다.

관심이 없었다. 어차피 며칠 내로 샐린저가 도전하러 올 것이다. 자신의 관심사는 오직 그것밖에 없었다.

그런데──.

"마인 샐린저에 의한 피해가 날이 갈수록 커져가고 있습니다. 제4구역에서도 대규모 방화가 발생하는 바람에 퍼레이드를 중지하게 된 겁니다."

"······네?"

거의 무의식중에 밀라베어는 펜을 놀리던 손을 멈췄다.

대충 흘려듣고 있었으므로 알아들은 내용은 겨우 50% 정도였다. 그런데 분명히 슈바르츠의 입에서 익숙한 이름이 튀어나왔다.

"슈바르츠. 자세히 보고해요."

"네! 약 2주일 전부터 중앙주에서 빈발하고 있는 방화 사건과 상해 사건. 그것은 모두 다 샐린저의 범행이라는 목격 증언이 나왔습니다."

2주일 전부터라고?

이상하다. 샐린저는 자신과 벌써 몇 주일 동안이나 결투하느라 바빴는데.

……언제나 나한테 져서 빈사의 중태에 빠졌었다.

……그런 몸으로 방화 사건을? 상해 사건을 일으켰다고? 그게 가능할 리 없었다.

동기의 측면에서도 그가 범인이라곤 생각하기 어려웠다.

샐린저의 목표물은 오직 강력한 성령을 가진 사람이다. 마을에 사는 일반인이 아니다.

그리고 특히——.

"나의 무대를 쳐다보는 관중이야. 관중에게 경의를 표하지 않는 배우는 이류에 불과하다!"

그는 분별력이 있었다.

삐딱하긴 해도 확고한 미학을 가지고 있었다. 그 미학에 반하는 짓을 하느니 차라리 죽음을 택할 것 같은 남자가, 과연 일반인을 습격할까?

"슈바르츠. 그것은 잘못된 정보입니다."

"어, 네?! ……아가씨, 어째서 그렇게 생각하십니까?"

"왠지 느낌이 그래요."

2주일 전에는 자신이 그와 싸우고 있었으니까.

차라리 솔직하게 말해버릴까? 하는 생각도 했지만, 그 전에 확인해둘 것이 있었다.

"슈바르츠. 그 증언은 누가 한 겁니까?"

"각각의 피해자입니다. 현재 히드라가 주관하여 사건을 조사하고 있습니다. 애초에 히드라는 왕궁 수호성 자네스 님도 습격을 당했으니까요."

그래, 왕궁 수호성 건은 알고 있었다.

자신이 샐린저와 만난 것은 바로 그 범행이 이루어진 날이었다.

……그 사건의 인상이 너무 강했다.

……그래서 사람들은 그 외의 사건도 다 샐린저 탓이라고 무조건적으로 믿고 있는 건가?

의심하고 싶은 마음도 이해가 갔다.

하지만 이것은 누명이었다.

뭔가 개운치 않았다. 샐린저를 잘 알지도 못하는 타인이 일방적으로 샐린저를 얕보다니. 그것이 마음에 안 들었다.

샐린저를 얕봐도 되는 것은, 오직 그를 이해하고 있는 나만의 특권일 것이다.

"알겠습니다."

자기 자신에게 이야기하는 것처럼 중얼거리더니.

한 번 크게 숨을 내쉰 후. 밀라베어는 두꺼운 역사서를 탁 하고 덮었다.

"슈바르츠. 당신에게 소개하고 싶은 사람이 있습니다."

2

네뷸리스 황청, 서부 산악 지대.

주요역『사크라리스 네뷸리카』에서 특급 열차를 타고 다섯 시간 넘게 걸리는 곳.

좁은 자리에 앉아서 간다면 답답하다고 느낄 만한 이동 거리였지만, 샐린저가 앉아 있는 곳은 최고 등급의 칸막이 좌석이었다.

발을 쭉 뻗을 수 있을 정도로 넓은 공간. 승차하고 있을 때는 치즈와 스파클링 와인도 제공된다.

"그래서, 뭐냐? 밀라. 내가 이걸로 만족할 거라고 생각했어?"

"불만이 있나요?"

"시간 낭비야."

4인용 칸막이 좌석.

그곳의 맞은편에 앉아 있는 왕녀 앞에서 샐린저는 짜증을 감추려고 하지도 않았다.

이번에는 웬일로 밀라가 결투 장소를 지정했다. 그것이 밤의 주요역이라서 샐린저도 의문을 느끼긴 했지만, 설마 열차를 타고 여행을 갈 줄은 몰랐다.

"싸움 장소를 왜 바꾸는 거냐?"

"도착하면 설명하겠습니다."

그렇게 대답하는 금발 머리 소녀는 이상하게도 역사서를 숙독하는 중이었다. 이쪽은 쳐다보지도 않았다.

몹시 지루해진 샐린저는 자리에서 일어나려고 했다. 그런데 그때——.

"그러고 보니."

소녀가 나직하게 중얼거렸다.

두꺼운 역사서 페이지를 넘기면서.

"샐린저. 당신은 황청을 싫어하나요?"

참으로 애매한 질문이었다.

되물어볼까 하고 망설였지만, 샐린저는 일부러 자기 마음대로 대답하기로 했다.

"아니, 별로."

"왕가만 싫어하는 건가요?"

"그래."

"황청의 일반인은 어떻게 생각해요?"

"내 무대를 지켜보는 관객이지."

"그래요. 분명 그렇게 말했었죠."

대화는 거기서 끊겼다.

다시 정적이 이어지는 건가? 하고 생각했는데.

"우리가 가는 곳은 이비스 산맥의 암릉 지대입니다."

"아, 그 비경……!"

오랜만에 샐린저의 목소리에 힘이 들어갔다.

들어본 적이 있었다. 일류 등산가도 두려워하는 가장 위험한 암석 지대. 수많은 모험가가 낙석이나 실족으로 인해 불귀의 객이 되었다고 한다.

"재미있군. 너도 평범한 결투에는 이제 질린 건가. 보통 사람은 들어가지 못하는 비경이야말로 우리의 싸움에는 잘 어울린다는 거지?!"

"네. 그곳에 강도단의 아지트가 있습니다. 무장도 했고, 멤버 전원이 그럭저럭 강한 성령술사라고 합니다. 그러니 일단 조심하세요."

"어리석은 소리군. 내가………… 응?"

맞은편에 있는 소녀를 뚫어져라 쳐다봤다.

그리고 미심쩍은 것처럼 눈을 가늘게 떴다.

"밀라. 지금 뭐라고 했어?"

"도적단 토벌을 도와주세요. 우리는 그런 목적으로 출장을 가고 있는 겁니다."

"웃기지 마! 내가 왜──."

"그 일이 끝나지 않으면 당신과는 싸울 수 없습니다. 나는 이래 봬도 왕녀이니까요. 왕녀의 책무를 다하지 않으면 안 됩니다."

진지한 얼굴로 왕녀는 두꺼운 역사서를 샐린저에게 안겨주듯이 양손으로 쑥 내밀었다.

"자, 다 외웠어요. 테스트해주세요."

"응?"

"왕녀 주제에 역대 여왕의 이름도 모르는 교양 없는 녀석. 당신이 그렇게 도발했잖아요? 그래서 외웠습니다."

밀라는 눈 하나 깜짝하지 않았다.

역시 진짜로 인형이 아닐까── 하고 의심하면서도, 그 커다란 눈동자로 쳐다보는 소녀한테서 샐린저는 눈을 뗄 수 없었다.

"그럼 이렇게 하죠. 내가 테스트의 정답을 맞히면 내 일을 도와주세요."

───────

이비스 산맥의 암릉 지대.

중량이 몇 톤이나 되는 거대한 암석으로 뒤덮여 있는 산맥 지대에서.

검은 연기가 확 피어올랐다.

"……시시하군."

쓰러진 남자들과 이리저리 흩어진 총기, 화기.

이 비경에 살고 있던 강도단을 눈 깜짝할 사이에 소탕했으면서도, 샐린저의 음성에서는 성취감이라곤 하나도 느껴지지 않았다.

"내가 강도 퇴치 따위를 한다고? 도대체 어디 사는 삼류 작가가 쓴 시나리오냐? 밀라, 이제 그만 실토해라. 나를 여기까지 불러낸 이유가 뭐냐?"

"눈치가 빨라서 좋네요."

바위 위로 올라오는 금발 머리 왕녀.

그들은 두 팀으로 갈라져 강도단을 구속했는데, 당연히 이쪽은 상처 하나 없었다.

"도움이 되었어요. 샐린저. 당신이 협공해준 덕분에 일을 편하게 할 수 있었습니다."

"서론은 필요 없다. 본론을 말해."

"네, 그럼 샐린저. 당신을 취조하겠습니다."

"취조라고?"

"17일 전에 대로변의 민가를 전소시킨 사건. 5일 전에 주요역을 순찰하는 경비대 세 명을 돌연 뒤에서 불의 성령술로 공격한 사건."

"……?"

"그리고 결정타. 조아의 전 당주인 로기아스 경과, 그의 시종 할리와 거쉬가 습격당한 사건. 이 세 사람은 지금도 의식불명의 중태입니다."

기계적인 말투로 암송하는 밀라.

아무래도 중앙주에서 일어난 사건인 듯한데, 자신은 전부 다 처음 듣는 것이었다. 애초에 세상일에는 관심을 가져본 적도 없었다.

"웃기는군. 설마 그 사건의 범인을 찾는 것을 도와 달라는 거냐?"

"당신이 용의자입니다. 당신이 이 일련의 사건의 범인이 아닐까? 하고 의심하면서 왕가 측은 조사를 진행하고 있습니다."

"……뭐?"

그 직후.

샐린저의 가슴속에서 끓어오른 감정은 그런 누명에 대한 분노보다도, 전혀 엉뚱한 일로 자신을 의심하는 왕가에 대한 비웃음이었다.

"하하하하! 내가 알지도 못하는 그런 사건의 범인이라고?! 왕가의 무능한 놈들 같으니, 부끄러운 줄도 모르고 그런 한심한 조사를 잘도 하고 있구나!"

"당신이 아니라고요?"

"흥, 마음대로 해. 변명할 가치도 없다."

나는 범인이 아니다.

그렇게 꼴사나운 해명으로 만족할 마음도 없었다. 그저 기가 막힐 뿐이었다. 누군지도 모르는 사람을 무차별적으로 습격할 이유가 뭐가 있단 말인가.

"나는, 너란 여자 말고는 아무것도 관심 없어."

"~~~~~읏!"

금발 머리 소녀가 펄쩍 뛰었다.

자기 눈앞에서 갑자기 밀라가 눈을 크게 뜨더니, 이상하게 안절부절못하면서 이쪽을 뚫어져라 쳐다보는 것이었다.

"응? 왜 그래?"

"⋯⋯⋯⋯⋯이, 이상한 의미는 아니겠죠?"

마치 고장 난 기계처럼.

삐걱삐걱 어색한 동작으로 고개를 돌려 옆얼굴만 보여주는 소녀.

"⋯⋯다시 한번 말씀해주세요."

"나는, 너란 여자 말고는 아무것도 관심 없어."

"~~~~~윳!"

움찔 하고 경련했다.

그 모습을 바라보는 샐린저로서는 도저히 이해가 안 가는 거동이었지만.

"뭐야, 지금 나를 놀리는 거냐?"

"⋯⋯아, 아뇨. 그런 것은 아닙니다."

왕녀가 어험 하고 헛기침을 했다.

"어때요. 이제 됐죠? 슈바르츠."

공기가 흔들렸다.

밀라의 뒤쪽 공간이 아지랑이처럼 흔들리더니, 회색 정장을 입은 중년 남성이 나타났다.

아마도 『안개』 성령술의 일종일 것이다. 기묘한 기척이 따라온다는 것은 샐린저도 이미 느끼고 있었지만.

"뭐냐? 그 남자는."

"내 시종이자 교육 담당입니다. 그리고 방금 이야기는 다 들었지요?"

슈바르츠를 돌아보는 밀라.

"지금까지 있었던 수상한 사건과 샐린저는 관계가 없습니다. 강도단 괴멸을 도와준 것만 봐도 알 수 있듯이, 이 사람은 근본적으로 사악한 악당도 아닙니다."

"……아가씨."

시종은 난감한 것처럼 입을 일그러뜨렸다.

"이것은 심각한 문제입니다. 여왕 후보이신 왕녀님이 악명 높은 마인과 이토록 당당하게 관계를 맺고 있었다니…… 대체 이 남자와 무슨 사이이신 겁니까……?"

"물론 이자는 나의 적입니다."

왕녀의 대답에 망설임은 없었다.

그 대답을 들은 시종이 오히려 놀랄 정도로 '당연하다'는 듯한 말투였다.

"샐린저는 죄인입니다. 나는 왕녀로서 이 남자를 붙잡을 생각입니다."

"그, 그렇다면, 지금 당장——."

"하지만 지금은 아닙니다."

"네?!"

"일련의 수상한 사건의 범인으로서 붙잡을 생각은 없습니다. 그것은 누명이니까요."

"……하, 하지만, 아가씨! 이 남자를 그냥 내버려두면!"

"안 듣고 있었나요? 슈바르츠."

왕녀가 빙글 몸을 돌렸다.

가느다란 손가락——과는 거리가 먼, 나이프를 하도 많이 쥐어서 굳은살이 박인 울퉁불퉁한 손가락으로 정확히 샐린저를 가리키면서.

"이 남자는 나 말고는 아무것도 관심 없습니다. 나한테 푹 빠져버린 짐승입니다. 나라는 우리가 있는 한, 이 남자가 누군가를 물어뜯을 일은 없습니다. 그렇죠?"

"…………."

"당신에게 묻는 겁니다. 샐린저."

"……읔."

그렇다……라고 말할 수는 없었다.

실제로 좀 전에 자신이 뱉었던 대사가 그런 대사긴 해도, 여기서 순순히 긍정해버리면 이 왕녀에게 굴복하는 꼴이 된다.

"……나는 두 번씩이나 말하진 않아."

"아까 두 번 말했잖아요. 세 번째로 말해도 되지 않아요?"

"시끄러워."

흥이 깨졌다. 이 비경에서의 결투를 상상하고 흥분했던 것이 부끄러워졌다.

그래서 당장 이곳을 떠나려고 등을 돌렸는데——.

"아, 잠깐만요. 샐린저. 강도단을 괴멸시킨 증거 사진을 찍을 겁니다."

"좀 전에 찍었잖아."

"나와 당신의 사진입니다. 당신이 나에게 푹 빠졌다는 증거 사진이에요."

"……뭐라고?"

"슈바르츠, 이쪽은 준비됐습니다."

샐린저가 휙 돌아봤더니, 눈앞에서 그 시종이란 남자가 내키지 않는 것처럼 카메라를 손에 들고 있었다.

반사적으로——.

누가 사진 따위 찍힐까 보냐? 하고 샐린저는 얼른 고개를 엉뚱한 방향으로 돌렸다.

"장난치지 마라!"

"앗……."

똑바로 선 왕녀와, 그 옆에서 딴 데를 보는 마인.

그렇게 협동성 없는 사진 한 장을 손에 들고서——.

"사진 찍는 게 싫어요? 어린애 같네요."

밀라는 한숨을 쉬었다.

그 말투와는 달리 방금 찍은 사진을 소중하게 품속에 집어넣더니.

"실수하지 마세요, 샐린저. 내가 맨 처음 눈여겨봤으니까요. 계속 나한테만 어울리는 적으로 있어요."

소녀는 우뚝 선 절벽에서 뛰어내렸다.

그리고 그걸 본 시종이 새파래진 얼굴로 바위산을 따라 내려갔다. 그런 뒷모습을 말없이 지켜보고 나서——.

"……삼류 연극에 억지로 동원될 줄이야."

짧게 혀를 찼다.

밀라가 뛰어내린 방향과는 다른 방향으로 산을 내려가려고 했다. 그런데 그때.

품속에 넣어둔 통신기가 부르르 진동했다.

"누구지?"

자신이 연락을 취하는 상대는 겨우 몇 명밖에 안 되었다.

통신기의 액정 화면에 나타난 이름을 본 순간, 샐린저는 그답지 않게 눈살을 찌푸렸다.

"……내 의뢰를 무시하고 뛴 건 아니었나 보군."

메모리칩 해석 기술자였다.

히드라 가문한테서 빼앗은 태양의 브로치. 그 안에 숨겨져 있던 칩의 해석을 의뢰했던 기술자가 연락한 것이다.

밀라 왕녀가 떠난 것은 참으로 절묘한 타이밍이었다고 해야 할까.

"어, 나다. 해석하는 데 꽤 오래 걸렸네?"

『………………………』

"이봐?"

통신기 너머는 침묵.

귀를 기울이자 희미한 숨소리가 들려왔다. 기술자가 이쪽의 목소리를 듣고 있는 것은 확실했다.

"난데. 해석하는 데 시간이 좀 더 걸린다면————."

『……큰일이야.』

"응?"

『큰일이야, 큰일이야큰일이야큰일이야큰일이야, 이거 큰일이라고! 보면 안 되는 거였어! 나, 나는 이런 것을 알면 안 되는 거였어!』

　비명이 튀어나왔다.

『샐린저, 너 진짜 터무니없는 물건을 나한테 보여줬구나!』

"……무슨 소리야?"

　영문을 알 수 없었다.

　히드라 가문의 칩 해석이 묘하게 오래 걸리더니, 겨우 연락한 다음에는 이렇게 절규나 하고 있다. 도대체 뭐 때문에 허둥거리는 걸까?

"돈은 냈잖아. 메모리칩 해석은 어떻게 됐어?"

『그래, 그 칩! 난 이제 도망갈 거야. 황청……은 안 돼. 제국으로 망명해야겠어!』

"……아니, 대체 무슨 소리를 하는 거야?"

　망명? 제국?

　통신기 너머의 음성이 떨리고 있었다. 설마 겁먹은 건가?

"왜 그래? 칩 해석에 성공했다면 내용물은 봤을 거 아냐?"

『──────────────────────────괴물이야.』

"괴물?"

농담이라기보단 일종의 비유라고 생각했다.

비정상적인 힘을 지닌 순혈종을 「괴물」이라고 부르는 것은 가끔 있는 일이다. 가까운 예로는 저 밀라도 「괴물」 소리를 들을 만한 자격은 충분히 있었다.

하지만──.

그런 비유 때문에 사람이 이렇게까지 겁먹은 목소리를 내게 될까?

『아, 아무튼 나는 이 건에서 손을 뗄 거야!』

"잠깐, 내가 돈을 그렇게 많이 줬는데?"

『……윽, 그, 그러면 해석 결과는 나중에 메일로 보낼게, 그럼 되잖아?! 이제 끊는다!』

일방적으로 통화가 종료됐다.

내가 다시 걸까? 아니, 방금 그 모습을 보니 아무래도 통화가 될 것 같진 않았다.

……기묘하군. 저렇게 동요하다니.

……단순히 돈을 가지고 튀고 싶은 거라면, 애초에 나한테 연락할 필요는 없었을 것이다.

즉, 저것은 사실이다.

메모리칩을 해석한 기술자는 거기에 기록된 정보를 보고 공포에 질렸다.

"응? 아, 왔나."

통신기에 도착한 메일.

거기 적힌 내용은 문장이라고도 할 수 없는 이름의 나열이었다.

"여왕 7세, 밀라베어, 온, 로기아스, 그로울리, 샤크렉, 코스피탈…… 슈바르츠, 할리, 로기아스. ……전부 다 왕족과 시종의 이름인가. 조아와 루만 있고 히드라는 없군."

여왕 후보인 밀라를 비롯한 조아와 루의 유력자들.

……콘클라베의 요주의 감시 인물 명단인가?

……히드라가 경계하는 유력자들이라고 하면 앞뒤가 맞긴 하지만.

그러면 기술자가 그토록 겁에 질린 이유가 설명되지 않는다.

게다가——.

"『**피험자 F**』? 뭐야, 이 단어는?"

왕가 및 시종의 이름이 실려 있는 명단 끄트머리에 딱 하나, 본 적 없는 단어가 적혀 있었다.

피험자라니?

유감스럽게도 이 메일은 글자로만 되어 있었다. 뭔가 그림이라도 있으면 추측의 여지도 있을 테지만.

……거꾸로 생각해보자. 왜 그림을 보내지 않은 걸까?

……겁이 나서?

그림 송신은 너무 위험하다고 판단했다.

기술자는 뭔가를 본 것이다. 그런데 너무 무서워서 그 그림은 나에게 보내줄 수 없었다. 그렇게 생각해본다면————.

"윽! 잠깐, 할리와 로기아스라고?!"

화면을 다시 뚫어져라 들여다봤다.

거기에 적힌 이름들이 샐린저의 뇌리에서 소리 내어 발표됐다.

"조아의 전 당주인 로기아스 경과, 그의 시종 할리와 거쉬가 습격당한 사건."

"당신이 이 일련의 사건의 범인이 아닐까?"

습격을 당했다.

이 명단에 기재된 사람 중 여러 명이 이미 습격당해서 의식불명의 중태에 빠졌다. 이게 혹시 우연이 아니라면.

"설마, 히드라는……."

차가운 바람이 그의 등줄기를 간질이듯이 어루만지고 지나갔다.

텅 빈 바위 지대에서.

"이 명단은 단순한 요주의 인물이 아니다. 표적인가!"

3

네뷸리스 왕궁——.

회의실에 모인 왕족들과 가신들.

모두들 손안에 있는 자료를 들여다보면서 입을 꾹 다물고 있었다.

"증언하겠습니다. 이 일련의 사건의 범인은 마인 샐린저입니다!"

덩치 큰 남자가 노기를 드러내며 떨리는 목소리로 말했다.

히드라 가문의 왕궁 수호성 자네스였다. 이제 상처는 다 나았지만, 샐린저한테 습격을 당했을 때는 중상을 입었었다.

"그놈은 비열하게도 어둠 속에 숨어 습격했습니다. 감시 카메라에도 찍혔어요. 여왕님! 지난 3주 동안 이어지고 있는 일련의 폭력 사건, 유감스럽게도 일반인까지도 피해를 보고 있습니다. 그러니 총력을 기울여 그놈을 잡아야 합니다!"

"자네스, 너의 진언은 고맙게 듣겠다."

테이블에 두 팔꿈치를 올려놓은 여왕.

찌를 듯이 날카로운 눈빛은 평소와 다름없지만, 그 말투에는 아주 조금 망설임이 섞여 있었다.

"너를 덮친 사람이 샐린저란 것에 대해서는 이견은 없다. ……하지만 그때부터 시작된 온갖 상해 사건에 대해서는 아직 애매한 목격 증언밖에 없어. 한낱 범죄자 한 명을 상대로 여왕인 내가 직접 체포 명령을 내릴 필요가 있을까?"

"당연히 있죠."

이 상황에 어울리지 않게 차분한 남자의 저음.

여왕의 자리에서 옆으로 세 번째. 진홍색 양복을 걸친 위풍당당한 풍채의 남성은 느긋하게 자리에 앉아 있었다.

　──태양의 현 당주 아켄.

　화려한 금발을 정확히 7 대 3으로 나눠서 깔끔하게 빗은 헤어 스타일과 작은 콧수염은 그야말로 정당한 댄디즘을 연출한 듯한 모습이었다.

　"여왕 폐하. 자네스의 주장은 일개 범죄자에 대한 경종이 아닙니다. 이것은 일국을 뒤흔들 만한 사건입니다."

　"……아켄 경. 그게 무슨 뜻인가?"

　"샐린저의 범행이 앞으로도 계속될 테니까요. 우리가 아는 바에 의하면 그놈은 우선 성령 부대와 경비대의 성령술을 빼앗았습니다."

　성령술을 모았다.

　그리고 중앙주까지 와서 왕궁 수호성 자네스를 공격했다.

　"그놈이 이 정도로 만족할까요? 아닙니다. 그놈의 목적은 우리 시조님의 피를 이은 말예들의 성령술일 겁니다. 여왕 폐하. 당신이야말로 진정한 표적이란 말입니다."

　"……!"

　여왕은 눈을 가늘게 떴다.

　"아켄 경. 그 경고는 우려에서 비롯된 것일 테지만, 설마 지금 내가 어디서 굴러먹었는지도 모를 범죄자보다 힘이 약하다는 뜻이냐?"

　"카산드라 조아 네뷸리스 7세는 『업화(業火)』의 성령술사. 그건 너무나 유명하지요."

찰칵.

태양의 당주 아켄이 품속에서 라이터를 꺼내 불을 붙였다.

모든 사람에게 잘 보이도록 불을 들어 올리더니——.

"불의 성령은 강력하지만, 방어 면에서는 바람이나 얼음보다 약합니다. 자, 보세요."

그 불꽃을 향해 잔을 기울여 물을 부었다.

물을 끼얹으면 불은 사라진다.

어린이라도 알고 있는 상식. 그런데 이것은 성령술에서도 마찬가지였다. 불의 성령술은 물이나 얼음 성령술과는 상성이 안 좋다고 알려져 있었다.

게다가 적이 난사한 총알이나 근거리에서 휘두른 나이프도 불로는 막지 못한다.

즉, 약점이 많은 것이다.

"불의 성령술사는 기습에 약합니다. 그리고 마인 샐린저는 온갖 비열한 수단을 다 쓸 겁니다. 폐하가 주무시거나 목욕하실 때도 방심할 수 없을 테죠. 그놈은 은밀한 행동에 적합한 성령술도 가지고 있는 것 같으니, 성에 침입하기는 쉬울 겁니다."

"————."

"부디 이해해주십시오, 여왕님. 저도 자네스도 당신을 걱정하기 때문에 이런 제안을 드리는 것입니다."

"……아켄 경. 그 진언에 고마움을 표하겠다."

여왕이 탄식했다.

"일개 범죄자한테 내가 나서야 할 정도의 가치가 있다고 생각하진 않지만…… 여러분의 배려에 답하고자 마인 샐린저에 대한 체포 명령을 내리겠다."

큰일 났다.

이 모든 상황을 지켜보면서 밀라는 속으로 갈등하지 않을 수 없었다.

이제 샐린저는 여왕이 지명한 대역죄인이 되었다.

역이나 공항 같은 공공시설은 당연히 쓸 수 없을 테고, 경비대의 순찰 때문에 더 이상 햇빛 아래 당당하게 돌아다니지도 못할 것이다.

……도대체 무슨 짓을 하는 겁니까, 히드라.

……나의 샐린저에게!

밀라가 보기에는 모든 것이 애초에 전제부터 잘못됐다. 지금 논의되고 있는 수수께끼의 습격 사건의 범인은 샐린저가 아니기 때문이다.

하지만——.

또 한편으로는 부정하지 못할 진실도 「일부」 있긴 했다.

……그 남자는 민중을 공격하지 않는다.

……하지만 여왕을 노리고 있다고 말한다면? 그래, 그럴 가능성은 있었다.

"샐린저. 당신은 황청을 싫어하나요?"

"아니, 별로."

"왕가만 싫어하는 건가요?"

"그래."

순혈종에 대한 무시무시한 대항 의식.

샐린저의 표적 중에 여왕이 포함되어 있으리란 것은 밀라로서도 부정할 수 없었다.

"자, 여왕 폐하. 제가 하나 제안드릴 것이 있습니다."

손수건을 꺼내는 히드라 가문의 당주.

그는 자신이 테이블 위에 엎질러놓은 물을 닦으면서 말했다.

"샐린저가 체포될 때까지는 폐하의 호위병으로서 3대 왕가가 각각 병사를 파견하도록 합시다. 물론 폐하는 조아 가문의 당주님이시죠. 루와 히드라의 호위 따윈 필요 없다고 생각하실 수도 있지만, 그렇게 하면 위험한 경우도 있습니다."

"……조아의 호위병 중에 샐린저의 부하가 있는 경우인가?"

"네, 그렇습니다. 최면술의 피해자나 꼭두각시가 있을 수도 있습니다. 그 마인은 많은 성령술을 사용할 수 있으니까요. 그런 성령술도 한두 개쯤은 갖고 있다고 상정해야 합니다."

조아의 단독 호위 체제는 빈틈을 공략당할 것이다.

그러니까 루와 히드라에서도 호위병을 파견해서, 3대 왕가가 합심해 여왕을 지키면 된다. 그것은 확실히 정론이었다.

밀라도 뭔가 반박할 방법이 없었다.

너무나 적절한 제안이라서, **용의주도하게 이런 진언을 준비해둔 게 아닐까?** 하는 생각까지 드는 것이 유일하게 마음에 걸렸지만.

"자, 그럼 여왕 폐하. 히드라 가문에서는 프랑소와즈를 호위병으로 추천하겠습니다."

"······네, 저, 접니다!"

회의실 문이 열렸다.

쭈뼛쭈뼛 나타난 것은 조그만 검은 머리 소녀. 그녀는 원탁 앞에서 허둥지둥 고개를 숙였다.

프랑소와즈 알렉 히드라.

히드라가 입양한 소녀 중 한 명이었다. 밀라의 기억이 정확하다면 『그림자』라는 특수한 성령술을 사용하는 사람일 텐데.

"여, 여왕 폐하······! 저, 저에게 맡겨주세요······ 여차할 때는 제 목숨을 바쳐서라도 폐하를 지키겠습니다······!"

"안심하십시오, 폐하. 다소 내성적인 성격이지만 프랑소와즈의 실력은 훌륭합니다."

자신 있어 보이는 히드라 가문 당주의 미소.

"시종으로서의 소양도 갖추고 있습니다. 목욕하실 때는 호위 겸 시종으로 이용하시길 바랍니다."

"······알겠다."

여왕이 못마땅한 티를 내면서 고개를 끄덕였다.

실은 지금도 납득하진 못하고 있는 것이리라.

"샐린저의 체포 명령을 내리겠다. 중앙주의 경비 태세를 즉시 강화해라. 그놈한테 현상금을 걸고 목격 정보를 모아."

"네, 알겠습니다!"

경비대 간부가 경례했다.

이제 중앙주는 샐린저에게는 가장 위험한 지역이 되었다. 그것을 깨달은 순간, 밀라의 발은 무의식중에 움직이고 있었다.

이 흐름은 더 이상 막을 수 없다. 왕녀인 자신조차도——.

"슈바르츠, 회의를 맡기겠습니다."

"아, 아가씨?!"

회의는 아직 끝나지 않았다.

모두가 기이한 눈빛으로 쳐다보는 가운데 밀라는 빠른 걸음으로 테이블을 가로질러 회의실을 떠났다.

이제는 유예 시간이 전혀 없다.

"……샐린저."

주먹을 꽉 쥐었다.

답답했다. 가슴속에 울화가 치밀었다. 더 이상 그 자리에 머물렀으면, 아마도 자신은 나이프를 꺼내 휘두르며 난동을 부렸을 것이다.

……모든 사람이 샐린저를 노리고 있다.

……단 하나뿐인 나의 놀이 상대를 빼앗으려 하고 있다!

그것을 용서할 수 없었다.

심지어 누가 저질렀는지도 모르는 수상한 사건의 누명을 써서 그렇게 되다니, 더더욱 참을 수 없었다. 왕궁의 그 누구에게도 샐린저를 넘겨줄 마음은 없었다.

"……샐린저. 당신은 계속 나의 적으로 남아 있을 거죠?"

성에는 오지 마.

지금 당장 중앙주를 떠나. 황청의 어딘가 먼 변경으로 가.

숲이든 산이든 상관없어. 어딘가에 숨어서 몇 달쯤 시간을 보내면, 여왕은 범죄자 한 명쯤은 금방 잊어버릴 테니까.

……중앙주에는 없어도 돼요. 내가 찾아갈 테니까.

……당신이 황청 어디에 있든지 간에. 내가 알아서 싸우러 갈 테니까!

그러니까 지금은 오지 마.

중앙주에 머문다면 그는 순식간에 체포될 것이다.

"말도 안 돼."

품속에서 메모장을 꺼낸 밀라는 텅 빈 페이지를 한 장 찢었다.

4

중앙주, 도시 교외——.

벌레 소리가 울려 퍼지는 전원 지대. 커튼을 통해 스며드는 진홍색 빛은 어느새 저녁때가 다 되었음을 알려주고 있었다.

"…………………………."

낡은 오두막집을 개조해서 만든 거점에서.

샐린저는 침대 가장자리에 걸터앉아 가만히 통신기 화면을 바라보고 있었다.

여왕 7세, 밀라베어, 온, 로기아스, 그로울리, 샤크렉, 코스피탈…… 슈바르츠, 할리, 로기아스.

바로 어제였다.

이번에는 루의 왕궁 수호성 샤크렉이 습격당했다. 조아와 루의 왕가가 차례차례 습격당해 의식불명의 중태에 빠지고 있었다.

……범인은 히드라.

……그러나 그들은 피해자인 척할 수 있었다. 이미 나라는 희생양을 찾아냈으므로.

히드라 가문은 얼마나 기분이 좋았을까.

자신이 맨 처음 습격한 상대가 히드라의 일원이었던 것. 그것 때문에 '조아와 루가 습격당하고 있는데 히드라는 습격당하지 않는다'라는 사실이 흐려지고 있었다.

아니, 어쩌면——.

이 상황조차도 누군가가 유도한 거라면?

나라는 희생양을 만들기 위해서 히드라가 일부러 자기 부하를 습격하게 만든 건가?

……칩의 정보도 단편적이었다.

……내가 이런 것을 공표해봤자, 히드라의 어둠을 밝혀낼 결정적 증거가 되지는 못할 것이다.

태양은 기다리고 있었다.

이 무대에 가장 적합한 희생양이 나타나기를.

"참으로 불경하구나, 히드라! 감히 나를 왕가의 고독(蠱毒) 속에 끌어들이려 하다니!"

벌떡 일어났다.

커튼 틈새로 새어 들어오는 붉은 빛. 이제 곧 해가 질 것이다.

……그러고 보니.

……오늘 밤이었지. 밀라와 결투할 예정이었던 게.

특별히 결투 약속을 잡지는 않았다.

그러나 몇 달이나 계속하다 보면 둘 다 '다음은 언제일 거다'라고 직감적으로 알 수밖에 없었다. 그래, 알지만…….

"짜증 나는 짓을 하는군……."

흥이 나지 않았다.

밀라와 싸우러 갈 때의 뜨거운 고양감이, 이렇게까지 느껴지지 않는 것은 처음이었다.

……히드라의 명단에는 밀라의 이름도 있었다.

……밀라도 표적이 된 건가.

뇌에 들러붙은 위험한 예감 때문에 정신이 고양되지 못했다.

밀라라면 웬만한 자객쯤은 가뿐히 물리칠 것이다. 하지만 히드라의 움직임이 묘하게 기분 나쁜 것이 왠지 마음에 걸렸다.

명단 끄트머리에 기재된 『피험자』란 것은 대체 뭘까?

답을 얻지 못하고 계속 걷고 있었는데.

"밀라?"

풀냄새가 휘몰아치는 전원 지대.

평소 같으면 비옷을 입고 찾아와야 했을 소녀가 그곳에 없었다.

그 대신.

"······전언인가?"

메모장에서 찢어낸 듯한 종이가 길 한복판에 떨어져 있었다. 돌로 눌러놓은 종이가.

거기에 급히 갈겨쓴 듯한 문장이 남겨져 있었다.

──『중앙주를 떠나라. 절대로 성에 오지 마.』

웃기는 이야기였다.

누가 썼는지 알려주려면 자기 이름의 이니셜이라도 적어놨어야지. 그런데 아무것도 없었다. 하지만 그게 그 소녀의 전언이란 것은 명백했다.

······암, 그렇고 말고.

······이 세상에서 나에게 명령을 하는 녀석은 오직 너밖에 없으니까. 밀라.

샐린저에게 명령한다는 불손함.

독특한 필치도 아니고 이니셜도 아니지만, 그 무엇보다도 명확하게 이 메모의 주인이 누구인지 보여주는 증거였다.

……밀라는 나를 성에서 멀어지게 하려고 한다.

……예상이 적중했군. 히드라가 나라는 희생양을 붙잡기 위해 움직인 건가.

밀라는 자신을 도망치게 해주려고 한다.

하지만——.

하지만, 그런 게 아니다.

"히드라의 진짜 목표물은 내가 아니야. 너다, 밀라."

밀라는 콘클라베의 가장 유력한 후보.

히드라가 목숨을 노리는 대상은 바로 그녀이다.

"……그런데 히드라. 대체 무슨 수로 밀라를 노리려는 거냐?"

아무튼 사상 최강의 여왕 후보니까.

히드라 가문의 순혈종이 떼거리로 덤벼들지 않는 한, 밀라는 어떤 자객이든 대부분 물리칠 수 있을 것이다.

……정면으로 습격하지는 않을 테지.

……독약. 잠잘 때나 목욕할 때를 노린다. 혹은 특수한 최면 계열의 성령술을 쓸 가능성도 있다.

정확하게는 알 수 없다.

아무리 머리를 굴려도 답은 나오지 않는다. 그 사실을 깨달았을 때부터 샐린저의 발은 마치 자아가 있는 것처럼 움직이고 있었다.

답이 나오지 않는다면.

답을 아는 사람에게 물어보면 된다.

밤이 되길 기다렸다.

네뷸리스 왕궁, 정문 앞 번화가.

밤이 깊어지자 번화가의 불빛이 하나둘씩 꺼지기 시작했다. 낮에는 북적북적 활기를 띠던 큰길도 지금은 집에 돌아가는 사람들 몇 명만 있었다.

이처럼 고요한 가운데——.

"윽! 너는?!"

"샐린저어어어엇!"

큰길 한복판에서.

너무나 대담하고 당당하게 샐린저는 순찰 중인 경비대를 노상에서 때려눕히고 있었다.

벌렁 드러누운 두 사람.

오랫동안 잊고 있었던 구도다. 최근에는 일방적으로 밀라가 자신을 내려다보는 상황이었으니까.

"……샐린저. 드디어 못 참고 기어 나왔느냐!"

"……그동안 있었던 연쇄 습격 사건. 그래, 넌 이런 식으로 습격한 거구나."

"흥, 말하는 것조차 우습군."

경비대 한 사람을 발로 밟으면서 나머지 한 사람을 향해 몸을 확 수그렸다.

이마와 이마가 맞닿을 정도의 근거리에서.

"네놈들의 눈알은 장식용이냐? 누군가가 만들어 낸 시나리오를 의심도 안 하고, 그저 대본에 충실하게 움직이는 것밖에 못 하는 삼류 배우들 같으니."

"……무슨 소리냐……?"

"너희들이 나를 의심하고 있는 그 일련의 사건. 진범이 따로 있다면?"

"……푸하하!"

등을 밟힌 남자가 코웃음을 쳤다.

"이제 와서 겁먹은 거냐? 샐린저. 네가 여왕님을 노린다는 것은 누구나 다 알고 있어. 야회를 틈타 습격하려고 해봤자 소용없다!"

"――――뭐라고?"

위화감.

평소의 자신이라면 약자의 헛소리라고 치부하고 넘어갔을 테지만.

……내가 여왕을 노리고 있다.

……어떻게 그렇게 단언할 수 있지?

성령술을 빼앗은 전과를 생각하면, 그 연장선상에서 왕가를 노린다는 것은 확실히 추측할 수 있을 것이다.

하지만 어째서 왕가의 다른 누구도 아닌 여왕 한 명뿐이라고 단정 짓는 걸까?

……내가 노렸던 대상은 왕가의 강력한 성령술 전체.

……그래서 밀라하고도 계속 싸웠는데.

마치.

마치 누군가가 "샐린저는 여왕을 노리고 있다"라고 철저히 가르쳐 놓은 것처럼 자신만만하게 단언한다.

……그리고 야회라니? 성의 만찬회 또는 무도회인가.

……어째서 그 야회를 틈타 기습한다고 단언할 수 있는 거지?

그래, 알았다.

히드라의 계획은——.

다음 야회를 틈타 여왕을 노리는 것.

그리고 그것을 샐린저의 범행처럼 연출하려는 것이다.

이미 왕궁에서는 그런 정보가 자연스럽게 퍼지고 있는 게 확실했다. 자신이 다음 야회를 노리고 있다는 위조된 정보가.

"……정말 약아빠진 놈들이구나. 히드라여."

그렇다면 자신이 해야 할 일은?

맨 처음 떠오른 선택지는 밀라의 충고대로 중앙주를 떠나는 것이었다.

누가 여왕의 목숨을 노리든지 말든지 내 알 바 아니다.

하지만…….

성에 있는 밀라는. 어떻게 되는 거지?

그놈들이 노리는 대상은 여왕만이 아니다.
밀라 본인도 설마 자신이 목표물일 거라고는 상상도 못 할 것이다.
"……그 꼬마 계집애라면 그렇겠지."
밀라는 너무 어렸다.
전투만 하면서 살아온 순진무구한 소녀는, 여왕의 자리를 둘러싼 암투 따윈 모를 것이다. 굳이 알 필요도 없고.
"히드라여."
어금니를 꽉 깨물면서 몸을 돌렸다.
발치에 쓰러져 있는 경비대 두 명의 존재 따윈, 더 이상 눈에 들어오기는커녕 의식의 한구석에조차 남아 있지 않았다.
휘황하게 빛나는 왕궁을 쳐다보며——.
샐린저는 밤의 어둠 속에서 우렁차게 포효했다.
"감히 누구의 허락을 받고 나의 밀라에게 손대려는 것이냐!"

Chapter.5

『등불
  ―바라건대, 비록 비련의 무대라 해도―』

the War ends the world /
raises the world

1

야회 「궁정 무도회」.

네뷸리스 여왕의 이름 아래 주최되며, 여러 외국에서도 빈객이 초대되는 파티. 남성은 연미복, 여성은 이브닝드레스를 입고 참석하는 야회다.

——5일 후, 밤 22시.

샐린저도 기막혀할 정도로 야회 일시는 아주 쉽게 알아낼 수 있었다.

……뻔히 보이는 함정이구나. 히드라여.

……이 야회 일시는 나에게 알려주기 위해 일부러 소문을 낸 거겠지?

이 야회를 틈타서 여왕이나 밀라 같은 다른 왕가의 유력자들을 한꺼번에 제거한다.

그리고 그 범인은 마인 샐린저다.

히드라는 이미 그렇게 하기 위한 가공의 증거를 준비했을 것이다.

……실은 아무래도 상관없는 일이다.

……여왕이 어찌 되든, 그 죄를 나한테 뒤집어씌우든 말든. 나는 전혀 개의치 않는다.

그랬을 것이다.

밀라만 없었다면──.

이 피투성이 무대 위에 비극의 여주인공으로서 밀라가 서 있지만 않았다면.

……조잡한 시나리오다.

……이 얼마나 치졸하고 탐욕스러우며 더러운 무대인가.

그래도.

그래도 나는 올라갈 것이다.

밀라가 비극의 여주인공이 되는 순간을 관중으로서 그저 지켜보기만 할 바에야──.

"딱 한 번만이다. 히드라여. 네놈들이 준비한 무대에 올라가 주마."

야회 당일, 정오.

하늘에서 환하게 빛나는 태양을 쏘아보면서 샐린저는 진짜 배우처럼 소리 높여 선언했다. 그리고 확고한 몸짓으로 걸음을 뗐다.

"박수와 갈채로 맞이해라."

2

"마인 샐린저는 반드시 나타날 것이다."

야회 당일, 17시.

눈부시게 푸르른 하늘에 어렴풋이 붉은 빛이 배어나올 무렵.

"경비는 예행연습대로 한다. 모든 지휘는 바로 나, 아켄이 전적으로 책임지고 하겠다. 자네들은 전혀 망설일 필요가 없어."

여왕궁 2층의 메인 홀에서.

진홍색 양복을 걸친 남자가 가수처럼 잘 울리는 묵직한 저음으로 말했다.

——히드라의 당주 아켄.

샐린저 토벌의 지휘관이자, 이 가짜 야회의 발안자였다.

예를 들면 이 메인 홀.

화려하게 차려입은 음악대가 경쾌한 곡을 연주하고 있지만, 사실 그들은 모두 다 음악대로 분한 성령 부대였다.

또 연회장에서 술을 준비하는 급사도 전부 다 왕가의 호위병이었다.

"여왕 폐하, 야회까지는 약 두 시간 남았습니다."

잔을 기울여 적포도주를 쭉 들이켜는 아켄.

음료수에 독이 들었는지 확인도 하는 거겠지만, 그보다는 이곳을 경비하는 부하들에게 느긋한 태도를 보여줌으로써 신뢰감을 주는 것이 목적일 것이다.

한편——.

"아켄 경."

여왕 네뷸리스 7세는 불쾌함을 숨기려고 하지도 않았다.

"반쯤은 대역이지만, 주변 국가에서 온 빈객들도 반쯤은 진짜다. 가신들도 다망할 텐데 이렇게 불러 모았다. 이 정도로 거창한 일을 했는데——."

"올 겁니다."

히드라의 당주 아켄이 손에 들고 있는 액정 단말기.

모니터에 비친 것은 번화가에 있는 감시 카메라 영상이었다. 배우 뺨치게 아름다운 백발 남성이 거리를 당당하게 활보하고 있었다.

"그놈은 중앙주에 있습니다. 그동안 우리는 이 야회 일정에 대한 소문을 지속적으로 흘렸습니다. 그러니 반드시 올 겁니다. 폐하의 성령술을 노리고."

"나는 상관없다. 하지만……."

여왕이 시선을 돌렸다. 그곳에는 담소를 나누고 있는 주변 국가의 빈객들이 있었다.

"샐린저가 이렇게 많은 빈객을 무차별적으로 공격한다면, 과연 완벽하게 대처할 수 있을까?"

"아니, 그러면 오히려 잘된 거죠. 그놈을 토벌할 대의명분이 생기는 거니까요."

"…………."

"개연까지는 시간이 좀 있지만. 이번 계획. 슬슬 최종 단계로 넘어갑시다."

히드라의 당주 아켄은 손에 끼고 있던 흰 장갑을 천천히 손가락에서 빼냈다.

드러나는 그의 손등——.

그곳에 연하게 새겨져 있는『현세(現世)』의 성문이 반짝 하고 가볍게 깜빡였다.

"그럼 실례하겠습니다. 폐하."

여왕의 어깨를 건드렸다.

그 순간, 메인 홀에 있는 모든 사람의 눈앞에서 **여왕은 두 사람으로 분열됐다.**

"가짜 나는 이 연회장에서 샐린저를 꾀어내고——."

"진짜 나는 여왕의 방에 숨어 있는 거다."

이구동음이 아니라 진짜 이구**동성**.

둘로 분열된 여왕은 완전히 똑같은 목소리로 다른 말을 했다.

"네, 그렇습니다. 폐하."

고개를 끄덕이는 당주 아켄.

그의『현세』의 성령은 접촉한 사람의 분신을 만드는 것이다. 이 분신은 육체가 있고 냄새가 난다. 개나 기계조차도 식별 불가능.

더욱 무서운 것은 이 분신이 원본의 사고방식까지 복사해서 독자적으로 행동한다는 점이다.

——마인 샐린저는 절대로 모를 것이다.

——무도회장에 있는 여왕이 가짜라고 식별하는 것은 불가능

하기 때문이다.

굳이 토를 달자면, 성령까지 복사할 수는 없지만.

샐린저가 '여왕이 성령을 가지고 있지 않다'란 사실을 눈치챘을 때는 이미 이 연회장은 정예병들에게 포위되어 있을 것이다.

"자, 그럼 제군. 예정대로 진행한다."

히드라의 당주가 손뼉을 쳤다.

"나는 메인 홀에 남아 샐린저와 맞서 싸우겠다. 그동안 폐하는 여왕의 방에 대피해 계신다. 어때, 알겠지? 프랑소와즈."

"……네, 네!"

검은 머리 소녀가 당주 앞에서 허둥지둥 고개를 숙였다.

"저, 프랑소와즈가 진짜 여왕 폐하와 끝까지 동행하겠습니다!"

조아, 루, 히드라의 포진.

이 무도회장에서 마인 샐린저와 맞서 싸우는 것은 루의 정예 병들.

여왕과 동행하는 것은 히드라의 정예병 프랑소와즈.

그리고 메인 홀과 여왕의 방 사이에서 정보 전달을 하는 것이.

"온."

"준비는 다 되었습니다. 폐하."

어린이용 연미복을 입은 소년이 꾸벅 인사했다.

아직 애티가 나는 얼굴이지만, 그 보랏빛 눈동자는 전혀 아이답지 않은 노회한 지성의 빛을 지니고 있었다.

"여왕의 방에는 아무 이상 없습니다. 폐하, 지금부터 모셔다드리겠습니다.”

온이라고 불린 소년이 순식간에 소실됐다.

그와 동시에 네뷸리스 7세와 호위병 프랑소와즈의 모습도 마치 허공에 녹아들듯이 사라졌다.

시공 간섭 계열인 『문』의 성령술.

순혈종 중에서도 매우 특수하고 희유한 능력이었다. 그 광경 을──.

“………….”

무도회장 구석에서 밀라는 숨죽인 채 관찰하고 있었다.

……알죠? 샐린저.

……나는 충고했습니다. 부디 그 전언을 발견했기를.

성에는 오지 마.

샐린저란 남자는 이제 최악의 범죄자로 인식되고 있었다. 이곳에 나타난다면, 자신도 그를 감싸주지 못할 것이다.

“절대로…… 오지 말아주세요…….”

호흡과 구별이 안 될 정도로 희미한, 갈라진 목소리.

자신에게만 들리는 목소리.

그래서 눈치챌 수 있었다.

이 목소리는 마음이, 자기 자신에게 말해주고 싶어서 흘러나온 것임을.

……나는.

……그 사람과의 관계를 이토록 간절히 원하고 있었던 건가요.

오지 말아줘.

제발 부탁이니까 아무 일도 일어나지 말아줘.

밤 21시 30분.

벽시계의 시침과 분침과 초침을 기도하는 듯한 심정으로 쭉 쳐다보고 있었다.

밤 22시, 야회 개막——.

밤 24시, 야회 일부 폐막——.

밤 25시, 야회 완전 폐막——.

평소 같으면 자신은 잠자고 있을 시각이었다. 카페인은 커피 한 잔 분량만큼도 섭취하지 않았는데, 뇌가 완전히 깨어 있어서 전혀 졸리지 않았다.

……야회가 끝난다.

……아아, 다행이다. 드디어 끝났군요…….

결국.

밀라의 불안과는 정반대로 샐린저는 나타나지 않았다.

무도회장이란 이름의 처형장에서 그를 기다리고 있던 경비병들도 묘하게 김샌 듯한 표정이었다.

그리고 그들은 떠나간다.

무도회 폐막을 맞이한 참가자들은 하나둘씩 무도회장을 뒤로하고 있는데——.

여왕의 방에서 일어난 이변은 아직 그 누구도 눈치채지 못했다.

밤 25시.

째깍, 째깍. 시간의 흐름을 알리는 시계에서 눈을 떼더니 카산드라 여왕은 등 뒤에 있는 인기척을 돌아봤다.

그곳에서 무릎 꿇고 있는 것은 정보 전달 담당자인 소년 온이었다.

"폐하. 무도회는 끝났습니다. 샐린저는 나타나지 않았습니다."

"……그렇겠지. 예상했었다."

여왕이 한심해하는 것처럼 한숨을 쉬었다.

"이런 촌극에도 이제 질렸어. 나도 홀로 돌아가 볼까."

"알겠습니다. 그런데 홀 안에는 아직 빈객이 남아 있습니다. 샐린저가 빈객으로 변장했을 가능성도 완전히 부정할 수 없으므로, 모든 빈객이 퇴장한 후에 다시 여왕님을 모시러 오겠습니다. 어떠신가요?"

"좋다."

"그럼 실례하겠습니다."

조아 가문의 소년이 사라졌다.

여왕의 방에 남아 있는 사람은 단 두 명.

카산드라 여왕, 그리고 옆에서 대기하고 있는 히드라의 호위병 프랑소와즈였다.

"……저, 저, 여왕 폐하…… 감히 말씀드리자면, 아직 방심할 수는……!"

검은 머리 소녀는 극히 조심스럽게 입을 열었다.

"샐린저는 나타나지 않는다. 그런 인식을 심어줘서, 우리가 방심하는 순간을 노리는 걸지도……."

"감히 누구에게 그런 말을 하는 것이냐."

찌릿.

카산드라 여왕은 소녀 호위병을 날카롭게 노려봤다.

애초부터 마음에 들지 않았었다. 역전의 성령술사인 자신이 왜 이런 여자애를 호위병으로 데리고 다녀야 한단 말인가.

"나는 여왕이다. 제국군과의 전장에서 얼마나 많은 사선을 넘나들고 총탄을 피했는지 아느냐? 그런 것도 모르면서 하는 말이더냐?"

"……주, 죽을죄를 지었습니다!"

소녀가 크게 당황하여 납작 엎드렸다.

그런데 카산드라 여왕은 그것을 무시하고 저 멀리 뒤쪽의 문을 뚫어져라 보고 있었다.

뚜벅, 뚜벅 하고 들려오는 작은 발소리.

"누구냐!"

설마. 마침내 샐린저가 온 건가?

"괜찮으십니까? 폐하."

여왕의 방의 문이 열렸다.

약간 긴장하고 있던 여왕의 눈앞에서, 진홍색 양복을 걸친 덩치 큰 남자가 과장된 동작으로 꾸벅 인사했다.

"아켄 경인가."

"네, 보고를 드리러 왔습니다."

히드라 가문의 당주가 엄숙한 태도로 입실했다.

"결론부터 보고를 드리겠습니다. 오늘 밤에 샐린저는 나타나지 않았습니다."

"들었다. 한발 먼저 온이 찾아와서 같은 내용을 보고했다."

"……흠. 온이? 그는 어디 있습니까?"

"메인 홀로 돌아갔다. 그런데 그건 왜?"

"별것 아닙니다. 그러면 일을 진행하기 쉬울 거라고 생각했을 뿐이죠."

일을 진행하기 쉽다고?

당주 아켄의 말투가 너무 자연스러워서 카산드라 여왕도 추궁해야 할지 말지 한순간 머뭇거렸다.

그 한순간에──.

"폐하. 이 일련의 사건은 정말로 샐린저의 소행일까요?"

"응?"

"오히려 이렇게 생각해볼 수 있지 않을까요? 여왕님의 목숨을 노리는 자는 샐린저가 아니라, 처음부터 성 내부에 있었다고."

진홍색 양복을 멋지게 입은 신사는 가슴에 한 손을 대고 천장을 우러러봤다.

조명을 비춰주길 원하는 단상의 배우처럼──.

"하지만 성내에서 사건을 일으키면 당장 왕가부터 의심받게 될 터. 그렇다면 성 바깥에서 적당한 범인 역할을 만들면 된다. 대신 죄인이 되어줄 희생양. 왕가의 성령술을 노리는 샐린저는 적역이었어."

"⋯⋯아켄 경?"

"해치워라."

"─────으읏?!"

카산드라 여왕이 아름답게 허공을 날았다.

힘차게 바닥을 박차고 곡예를 하듯이 허공으로 뛰어오르더니, 몸을 격렬하게 회전시키면서 뒤쪽으로 착지.

그 직후에 비틀거렸다.

"⋯⋯커⋯⋯엇⋯⋯ 허억⋯⋯ 그런, 거였나⋯⋯⋯⋯⋯."

후드득.

착지와 동시에 그 옆구리에서 붉은 물방울이 흘러나와 떨어졌다.

"프랑소와즈ㅇㅇㅇㅇㅇ읏!"

"⋯⋯죄, 죄송합니다. 여왕 폐하⋯⋯ 저, 저도 모르게⋯⋯!"

분명 호위병이었던 소녀가 어쩔 줄 모르고 허둥거리고 있었다.

그야말로 겁 많은 작은 동물처럼 가느다란 소리를 내고 있는데, 그 눈은 사냥감을 가지고 노는 쾌락에 취해 황홀한 미소를 띠고 있었다.

"여왕님이 너무 빈틈이 많으셔서⋯⋯ 제가 분명히 말씀드렸잖아요? '아직 방심할 수는 없다'고요."

"……뼈아픈 교훈이군."

거칠게 숨을 내쉬는 카산드라 여왕.

전부 다 히드라의 음모였다.

돌이켜보니——샐린저의 범행을 예견한 것은 히드라 가문이었다. 이 야회도 히드라 가문이 모든 계획을 담당했고.

"시조님의 시대 이후로 70년. 국가 탄생 이래 최초의 반역이다, 이 천한 놈들!"

"반역은 아니에요."

짤그랑…….

여왕의 옆구리를 찌른 단도를 휙 던져버리는 프랑소와즈.

"왜냐하면 이것은 샐린저의 소행이니까요. 히드라 가문이 설마 여왕에게 무례한 짓을 저질렀다고는 아무도 생각하지 않을 겁니다."

"여왕의 증언이라는 가장 강력한 증언이 있는데도?"

옆구리에서 손을 떼고 카산드라 여왕은 히드라의 두 사람을 노려봤다.

상처는 얕았다.

방금 그 기습으로 알았다. 이 프랑소와즈란 녀석은 약하다.

혹시나 루 가문의 밀라베어가 똑같은 기습을 했더라면, 자신은 칼에 찔렸다는 사실조차 깨닫지 못하고 죽었을 것이다.

"아켄 경. 나를 죽이려고 한 것치고는 화력이 부족하군. 저 허약한 호위병과, 전투력이 없는 자네만으로는 영 부족해."

아켄의『현세』는 사람의 복제품을 만들 뿐이다. 정보 조작 같은 일을 할 때는 강력한 수단이 될 수 있지만, 전투력은 거의 없는 거나 마찬가지다.

반면에 자신의 성령술은 전투 특화.

이 부상을 고려하더라도 무조건 자신이 이길 것이다.

"미안하지만, 여왕 폐하."

진홍색 양복을 입은 신사는 입가에 부드러운 미소를 띠었다.

그것은 동정하는 듯한 미소였다.

"실은 나도 분신이야. 진짜 나는 알리바이를 만들기 위해 무도회장에 있어야 하거든."

"⋯⋯뭐라고!"

"프랑소와즈 한 명이면 충분해."

그리고 그는 사라져갔다.

단 하나의 명령을 남기고──.

"8분 내에 해치워라, 프랑소와즈."

"⋯⋯아, 알겠습니다!"

검은 머리 소녀가 고개를 깊이 숙였다.

마치 교사한테 "방 청소를 해놔라"란 말을 들은 학생처럼. 다시 말해 그 정도로 간단한 일인 것처럼──.

"구제할 길이 없구나. 히드라여."

카산드라 여왕은 상대가 자신을 얕봤을 거라고는 생각하지 못했다.

"내가 같은 수법에 두 번이나 당할 것 같으냐?"

틀림없이 이것도 함정일 것이다.

저 총명한 아쿈이 여왕 말살 임무를 이렇게 약한 부하 한 사람에게 맡길 리 없다. 겉으로는 프랑소와즈 혼자인 것처럼 보여도 실은 진짜 자객이 숨어 있을 것이다.

"……저, 저기요…… 실례지만 한 말씀 드리자면, 정말로 저 혼자인데요……."

"쓸데없는 말은 하지 마라. 이미 이 방 어딘가에 숨어 있을 테지. 아니, 내가 당장 힘으로 끌어내주——."

요염한 웃음소리가 여왕의 말을 가로막았다.

머리의 나사가 빠진 것처럼 비상식적인 웃음소리였다.

——악성변이(惡星變異)『피험자 F』.

프랑소와즈의 전신이 불타올랐다.

보라색 불꽃이 소녀의 전신을 휩싸면서 그 의복을 태워버렸다.

무슨 일이 일어난 거지?

너무나 갑작스러운 인체 발화. 이것도 성령술인가? 하지만 형광색처럼 선명한 저 보라색 불꽃은 대체——.

"아아앗?!"

여왕이 놀라서 새된 소리를 냈다.

천장까지 치솟은 불기둥 속에서, 믿을 수 없는 것이 눈에 띄었기 때문이다.

　──소녀가 변이하고 있었다.

　검은 머리카락이 순식간에 거꾸로 곤두서더니 수정처럼 투명한 결정체로 응고되기 시작한 것이다.

　더구나 육체 전체가 무색투명하게 변했다. 마치 해파리같이 그 육체 너머의 벽이 비쳐 보이고 있었다.

　뼈도 내장도 없는 육체로 변신.

　인간이 아니었다.

　거기서 태어난 것은 아무리 봐도 인간의 범주에서 벗어난 괴물이었다.

　"……그, 그럼 무례를 범하겠습니다. 여왕 폐하!"

　불길 속에서 괴물이 꾸벅 인사하며 웃었다.

　"우리나라의 최고 권력자인 당신을 마음껏 유린하다니. 너무 황공해서…… 후후, 자꾸 웃음이 나오네요. 과연 어떤 목소리로 울어주실까요?"

　"……괴물."

　이것은 환각인가?

　여왕이 맨 처음 의심한 것은 자신이 환술에 걸렸을 가능성이었다.

　사람이 이런 괴물로 변할 리 없다. 프랑소와즈의 성령술은 『그림자』가 아니라 실은 최면술 계통의 성령술이었다. 그렇게 의심해야 할 것이다.

"실례할게요. 여왕 폐하."

팟.

뭔가가 찢어지는 듯한 파열음. 그것이 발밑에서 들려온 순간, 카산드라 여왕 자신의 그림자에서 송곳이 튀어나와 여왕의 등을 찔렀다.

"윽?!"

온몸을 비틀어 간신히 꿰뚫리는 것은 피했다.

그림자에서 생성된 창.

프랑소와즈가『그림자』의 성령술사란 사실을 금방 떠올리지 못했더라면, 자기 그림자에 완전히 찔릴 뻔했다.

"……이 그림자…… 너의 성령술인가?"

환각이 아니었다.

프랑소와즈는 그림자의 성령술사. 그렇다면 눈앞에 있는 괴물은——.

"네놈은 대체 누구냐."

"네?"

보랏빛 화염 속에서 괴물이 폴짝 뛰어나왔다.

"저예요. 저. 프랑소와즈. 보세요, 폐하. 약소 성령술사였던 제가 이렇게 강해졌습니다. 저는 마녀가 된 거예요!"

마녀——.

그 단어에는 두 가지 의미가 있다.

첫째, 제국이 성령술사에 대해 사용하는 멸칭.

둘째, 황청이 대역죄인에 대해 사용하는 멸칭.

하지만 둘 다 아니었다.

프랑소와즈가 자칭한「마녀」란 것은 그보다 훨씬 더 무섭고 불길한 괴물을 뜻하는 것이다. 직감적으로 그렇게 느꼈다.

"……정체불명이구나. 솔직히 말해서."

적은 미지의 존재.

그리고 이쪽은 불의의 기습을 당해 옆구리와 등을 다쳤지만……그게 뭐가 대수인가.

"나를 누구라고 생각하는 거냐!"

카산드라 여왕의 목에서 선혈같이 붉은 성문이 번쩍거렸다.

──업화의 성령.

전력을 다하면 구름을 불사르고 하늘까지 태울 수 있다.

당대 최강의 불의 성령술사. 그것이 카산드라 조아 네뷸리스 7세였다.

"미지의 적? 미지의 전술? 그런 것은 제국군과 싸우면서 얼마든지 봤다! 열파여, 후려쳐라!"

여왕의 포효.

오른손으로 후려친 허공에 새빨간 선이 그어졌다. 그리고 그직후, 폭발적인 열파가 넓은 방 전체에 휘몰아쳤다.

열파가 바닥을 후려치면서 거기 굴러다니던 단도를 가볍게 증발시켰다.

그 불꽃의 파도가 프랑소와즈를 덮치자──.

"……꺄, 꺄악!"

퐁.

보석 같은 육체를 가진 괴물은 비명을 지르면서 자기 그림자 속에 쏙 들어가 숨었다. 쇠도 녹이는 열파가 직격하기 직전에.

"어머, 역시나. 아주 맹렬하네요!"

감동한 듯한 목소리가 울려 퍼졌다.

프랑소와즈 본인은 그림자 속에 숨은 상태. 그 모습은 어디에도 보이지 않았다.

"그 격렬한 불꽃으로 우리나라를 지켜온 위대하신 여왕 폐하. 하지만 안타깝군요. 당신의 성령술은 지나치게 유명해요!"

"…………."

"그래서 저는 피할 수 있었던 거죠. 자, 예언하겠습니다. 초동 공격이 특기인 불의 성령. 그 최초의 공격으로 저를 해치우지 못한 것이 당신의 불행이 될 겁니다."

"피했구나."

"네?"

"나의 화염을 피했다. 즉, 피하지 않으면 안 된다는 거다."

자신을 동정하는 마녀의 웃음 앞에서.

네뷸리스 7세는 여왕답지 않게 사나운 냉소를 지으며 대꾸했다.

"그 추악한 모습은 확실히 불길해 보이지만, 지나치게 무서워할 필요도 없는 것 같구나. 나의 화염으로 태워버리면 그만이다."

"……후후."

방에 울려 퍼지는 소녀의 동정 어린 웃음소리.

"뭐, 그거야 명중했을 때의 이야기죠!"

펑! 하고 여왕의 발밑에 있는 그림자가 폭발했다.

그림자를 통해 바닥에 숨었던 프랑소와즈가 여왕의 그림자에서 튀어나온 것이다.

"잘 가, 왕——………… 어라?"

프랑소와즈가 출현한 곳은 여왕의 그림자.

그것도 여왕의 등 뒤였을 것이다. 그런데 막상 그림자에서 튀어나와 보니, 여왕은 이쪽을 보면서 기다리고 있었다.

"…………어떻게…… 내가 여기로 이동할 줄……?"

"그림자의 성령술은 사람의 그림자로만 이동할 수 있지. 내가 그걸 모를 줄 알았나?"

천장에서 환하게 빛나는 샹들리에.

이 방의 광원은 그것 하나밖에 없었다. 그리고 여왕의 그림자는 바로 직전까지 여왕의 등 뒤로 뻗어 있었다. 그러니까 여왕의 등 뒤로 이동할 수 있었을 것이다.

단——.

광원은 만들어 낼 수 있다.

"내가 무슨 성령술사인지도 잊어버린 것이냐?"

여왕의 등 뒤에서 타오르는 불.

샹들리에보다 강한 불빛으로 뒤에서 비추면, 여왕의 그림자는 정면에 생겨난다. 그렇게 되면 눈앞의 그림자에서 프랑소와즈가 뛰쳐나오길 기다리기만 하면 되는 것이다.

"좀 전에는 스스로 마녀라고 자칭했던 것 같은데."

여왕의 손에 불꽃이 피어났다.

"역시 약소하구나."

"─────────ㅇㅇㅇ읏!"

호화(豪火) 현란.

전차조차 완전히 녹여버리는 화염 결계 속에 갇힌 괴물은 비명을 질렀다.

그리고 같은 시각.

이 여왕의 이변을 눈치챈 사람이 있었다.

━━━━━━━

온 조아 네뷸리스.

순혈종 중에서도 희귀한 『문』의 성령을 지닌 소년은 말문이 막혔다.

──활활 타오르는 여왕의 방.

여기저기서 솟구치는 불기둥. 몇 겹으로 밀려오는 불의 파도가 눈 앞을 가리는 벽이 되었고, 수천, 수만 개의 불티가 흩날리고 있었다.

단순히 촛대가 넘어져 불이 난 수준이 아니었다.

이것은 여왕의 성령술이다.

"……무슨 일이 있었던 거야?!"

약 반 시간 전에는 아무 이상도 없었다.

이렇게 단기간에 도대체 무슨 일이 일어난 걸까.

"폐하! 무사하십니까…… 윽!"

목이 터져라 온 힘을 다해 외쳤다.

그러나 그 목소리는 활활 타오르는 화염에 묻혀 사라져버렸다. 어마어마한 열파 때문에 숨만 쉬어도 목이 타들어 가서 심하게 기침이 나왔다.

"온이냐?!"

타오르는 불의 벽 너머에서——.

카산드라 여왕의 힘찬 목소리가 들렸다. 소년 온은 저도 모르게 안도했다.

"네! 폐하, 이게 무슨 일입니까?!"

전투 상태인 것은 확실했다. 이 불꽃 너머에서 여왕은 「누군가」와 싸우고 있었다.

그리고——.

이 상황에서 온이 떠올릴 만한 사람은 한 명밖에 없었다.

"샐린저인가요! 폐하, 당장 지원군을 부르겠습니다!"

"온!"

여왕의 절규.

"범인은————………."

목소리가 끊겼다.

미친 듯이 타오르는 불길의 굉음에 파묻힌 여왕의 말 후반부는 온에게는 들리지 않았다. 그걸로 끝. 아무리 귀를 기울여 봐도 여왕의 목소리는 들리지 않았다.

전투에 집중하느라?

마인 샐린저가 그렇게 엄청난 강적이라면 역시 지원군이 필요할 것이다. 다행히 무도회장에는 아직 정예병들이 남아 있었다.

그런데――.

온은 문득 한 가지 의문점을 떠올렸다.

"……어떻게 알았지?"

정황상 이것은 샐린저의 습격이라고 봐야 한다.

하지만 샐린저가 습격한다면 아마도 그 장소는 무도회장이었을 것이다. 히드라의 당주 아켄이 만들어 낸 여왕의 분신이 거기 있으니까.

진짜 여왕이 여왕의 방에 숨어 있다는 사실을 어떻게 간파했을까.

"………….."

뭔가가 마음에 걸렸다.

하지만 소년은 깊이 생각할 만한 여유가 없었다. 자신의 사명은 지금 당장 지원군을 데려오는 것. 망설일 시간은 없었다.

3

불바다가 된 여왕의 방.

그 안에서 한층 더 강하게 빛나는 것이 결계「호화 현란」이었다.

카산드라 여왕의 비기 중 하나. 초고열의 불로 사방이 막힌 극소형 결계는 중전차도 20초 만에 녹여버릴 정도였다.

"……70초다……."

어깨가 위아래로 심하게 들썩거렸다.

거칠게 토해내는 숨. 이마에서 흐르는 땀을 닦을 생각조차 못하고, 카산드라 여왕은 붉은 결계를 계속 응시하고 있었다.

"이런 초고열 속에 이렇게 오래 갇혔는데도 살아남을 수 있는 생물은 없다."

호화 현란의 빛이 점점 부풀어 올랐다.

사람 하나를 가둘 만한 크기였던 동그란 불덩어리가 순식간에 팽창하더니――.

"사라져라, 괴물."

펑 터졌다.

너무 커져버린 풍선이 터지는 것처럼 수천 개나 되는 불티를 뿌리면서 흩어졌다.

"히드라. 잘도 이런 괴물을 키웠————."

"후후, 후후후후……."

오싹.

나사가 빠진 것처럼 정신 나간 웃음소리를 들은 순간, 여왕은 등골이 서늘해졌다.

"……설마?!"

"죄송해요, 여왕 폐하!"

불의 벽 너머에서 온몸이 결정화된 괴물이 뛰쳐나왔다.

화상 하나 없는 프랑소와즈. 살아남을 방법 따윈 있을 리 없다. 그런 절대적 확신이 너무나 쉽게 박살 나자, 여왕은 충격을 받아 1초 정도 반응이 느려졌다.

"저는 무적이에요."

목을 붙잡혔다.

초인적인 괴력으로 꽉 붙잡힌 목은 금방 비정상적인 각도로 뒤틀려갔다.

이제는 체면 차릴 여유도 없었다. 망설임 없이 주위를 모조리 불태울 기세로 여왕은 최강의 성령술을 발동시키려고 했다. 그런데 그때.

……따끔.

뭔가가 목을 찔렀다. 여왕은 그것을 피부로 느꼈다.

움직이고 싶어도 목이 붙잡혀서 움직일 수 없었다. 눈알만 필사적으로 굴리는 여왕의 눈에 들어온 것은──.

"……뭐야…… 그, 주사기는?"

목에 닿은 것은 유리로 된 주사기.

프랑소와즈가 주입하는 보라색 용액이 목의 혈관으로 들어와 전신으로 퍼져나간다. 그것이 무엇인지 이해할 새도 없이 여왕의 전신이 부들부들 떨리기 시작했다.

뭐지?

지금 자신에게 무엇이 주입된 거지?

뭐야, 이 오한은, 고통은, 경련은, 공포는.

"……아…… 아…… 아아아아악!"

"동료 만들기. 자, 여왕 폐하도 부디 저와 같은…… 어머나?"

"~~~~~~~~!"

절규.

분수처럼 피를 뿜으면서 여왕은 딱딱한 바닥 위로 쓰러져갔다.

"……어휴, 미안해요, 여왕 폐하!"

여왕에게 달려가는 마녀.

입으로는 미안해요, 하고 말하면서도 그 눈은 극상의 희열로 일그러져 있었다.

"저도 참…… 강한 성령을 가진 사람일수록 거부반응이 심하지만, 폐하라면 틀림없이 이겨내실 수 있을 줄 알았거든요. 유감이에요. 여왕 폐하…… 폐하? 어머, 이미 의식을 잃으셨나요? 아아, 폐하…… 이 얼마나 귀여운 모습인지!"

카산드라 여왕은 의식을 잃었다.

바닥에 엎드린 채 바들바들 경련만 하고 있었다. 넓은 방을 꽉 채웠던 불꽃과 열파도, 여왕이 쓰러진 순간 사라졌다.

"아아, 감동해서 졸도할 것 같아. 그 대단한 여왕을, 내가……!"

여왕이 쓰러진 넓은 방.

그곳에서 마녀의 요염한 웃음소리만 길게 메아리쳤다.

"여왕보다 더 강해. 즉, 나야말로 이 황청에서 제일——."

"무대에 올라온 것은 처음이냐?"

완전히 도취되어 있던 마녀는 눈치채지 못했다.

자신이 한껏 흥분한 사이에 여왕의 방에 들어온 사람이 있다는 것을.

"우습구나. 괴물아."

넓은 방에 발소리가 울려 퍼졌다.

코트를 어깨에 걸친 미장부가 마치 등단하는 것처럼 당당한 발걸음으로 걸어왔다.

"무대에 서기만 해도 기뻐서 자아도취에 빠지다니. 하기야 괴물은 괴물일 뿐. 결국 단역에 불과한 거겠지."

피를 토하고 쓰러진 여왕과.

사람이 아닌 마녀를 번갈아 쳐다보더니——.

"꺼져라. 네놈에게 주역이란 것은 어울리지 않아."

샐린저는 피로 물든 방에서 큰 소리로 말했다.

4

생각해보면.

네뷸리스 왕궁 부지 내에 병사들이 거의 없다시피 한 것을 봤을 때부터, 샐린저에게는 이 참극은 그다지 놀랍지도 않은 시나리오였다.

……나를 성으로 불러들이고 싶지?

……그래서 일부러 성내의 경비병을 줄인 건가.

야회를 틈타 여왕과 여왕 후보를 제거한다는 계획.

그 계획의 가짜 범인인 희생양으로서 무대에 끌려 올라온 것이 자신이라면, 자신이 성에 침입할 수 있도록 일부러 경비에 구멍을 뚫어놓았을 것이다.

그렇다면 떳떳하게.

나는 위풍당당하게 쳐들어가주마.

한 시간 전──.

샐린저는 어둠 속에 모습을 감춘 채 왕궁 안뜰에서 여왕궁을 쳐다보고 있었다.

"내가 무대에 오른다. 히드라여, 네놈들의 치졸한 시나리오는 내가 다시 써주마."

그 이야기는 매우 간결했다.

여왕과 밀라가 습격당하는 장면. 거기에 끼어들어 히드라를 방해하기만 하면 된다.

……두 사람이 동시에 습격당할 가능성은 낮다.

……여왕과 밀라를 동시에 상대하는 것은 히드라의 총력을 기울여도 쉽지 않기 때문이다.

우선순위가 있을 것이다.

가장 핵심적인 표적은 현 여왕 7세. 그것은 확실하고, 여왕 후보인 밀라는 「그다음」일 것이다.

우선 여왕을 제거하고——.

그 혼란을 이용해 시간차로 밀라를 공격할 거라고 예상할 수 있었다.

"……그럼 여왕인가."

여왕의 생사 자체에는 관심도 없지만, 히드라가 여왕을 습격한 순간에 그놈의 덜미를 확 잡아버리면 결과적으로 밀라도 구할 수 있을 것이다.

그럼 여왕은 어디서 습격당할까?

비극의 무대는 아마도 무도회장이 아닐 것이다.

……여왕을 습격한 범인을 나로 만들고 싶다면, 진범은 절대로 모습을 들켜선 안 된다.

……그러니까 히드라는 여왕을 어딘가에 고립시켜놓을 것이다.

이 경우.

여왕을 고립시킨다면, 자연스럽게 유도할 수 있는 장소는 세 군데다.

1. 여왕의 개인실.

2. 여왕의 방.

3. 여왕만 알고 있는 비밀의 방.

여기서 「3」은 있을 수 없다.

여왕이 암살되는 장소는 반드시 일반인(샐린저)이 아는 장소여야 하기 때문이다.

……여왕의 개인실이냐, 여왕의 방이냐.

……둘 다 가능성은 있지만, 여왕의 방이 좀 더 가능성이 높은가?

여왕의 방은 일반인도 많이 드나드니까.

그들 사이에 샐린저가 섞여 들어와서, 여왕의 방에 있던 여왕을 공격했다. 그런 시나리오는 신빙성이 있을 것이다.

그래서 현재──.

"예상 범위를 벗어나진 않은 건가."

샐린저는 유유히 여왕의 방에 도착했다.

주목할 만한 점은 경비병이 눈에 띄지 않는다는 것. 여왕의 방의 경비병이 없는 것을 확인한 순간, 참극의 무대는 여기라고 확신할 수 있었다.

"왕족을 무도회장에 모아뒀으니까, 경비병도 대부분 그쪽으로 모인다. 아니, 일부러 모은 거겠지? 이쪽을 텅 비게 만들려고."

여왕의 방에 발을 들여놓았다.

온통 불타버린 천장과 벽. 바닥에 깔린 융단은 검은 숯덩이가 되어 있었다.

그리고 피투성이가 된 여왕.

일어날 기색도 없이 계속 경련하고 있었다. 성령술사의 정점에 선 자가 이토록 비참한 꼴로 쓰러져 있다니, 보통은 충격을 받았을 테지만.

……밀라는 어디 있지?

……다른 곳에서 기습당하고 있을 가능성도 있지만, 어쨌든 여기에는 없었다.

은근히 안도하기도 했다.

쓰러진 사람이 여왕 혼자라서 다행이구나 하고. 그래, 그렇다면 늦지 않았다.

"그런데 괴물아. 넌 뭐냐?"

"……저, 저는……."

괴물의 어깨가 움찔 떨렸다.

이제 막 여왕을 피투성이로 만든 장본인일 텐데도 전혀 그런 느낌이 안 드는 소심한 모습. 겁먹은 아기 고양이 같은 반응이었다.

"저는 마녀입니다."

"마녀라고?"

"샐린저…… 정말로 왔네요? 안 오는 경우의 시나리오대로 진행하려고 했는데, 저, 죄송합니다!"

자칭 마녀라는 괴물은 허둥지둥 고개를 숙여 인사했다.

"지금부터 저는 다, 당신을 해쳐야만 합니다. 당신은 여왕님과 함께 여기에 쓰러져 있어야 하니까…… 그러니까, 죄송합니다……."

"지금 그걸 연기라고 하는 건가."

"네?"

"네놈의 본성은 살인귀잖아."

소심한 괴물을——.

아니. 그런 척 연기하는 잔인한 괴물을 손가락으로 가리키면서 샐린저는 말했다.

"남을 괴롭히면서 희열을 느낀다. 남을 해치지 않고는 견딜 수 없다. 그 사악하게 일그러진 욕망을 남들 앞에서 감춤으로써 우월감을 느낀다. 그렇지?"

"…………."

"솔직히 말하자면 나는 너 같은 괴물한테는 관심 없어. 히드라의 계획인지 뭔지도 아무래도 좋아."

마녀가 눈살을 찌푸렸다.

도무지 알 수 없을 것이다. 그렇다면 내가 왜 여기에 나타났는지.

누가 말해줄까 보냐.

비극적인 운명을 맞이할 여주인공을 구하기 위해서 이 피투성이 무대에 올라왔다고.

"미안하지만 이 이야기는 수정될 거야."

구둣발 소리를 내면서.

샐린저는 여왕의 방을 가로질러 나아갔다.

"오늘 밤에는 아무 일도 일어나지 않았다. 여왕을 덮친 추악한 괴물은 그 자리에서 퇴치됐다. 그런 내용이야."

"……푸홋!"

괴물이 웃음을 터뜨렸다.

더는 참을 수 없다는 듯이 엄청난 폭소였다.

"캬, 캬하하하하핫! 우, 웃기지 말아줄래요? **인간 주제에**. 저기요, 당신 설마 자기가 주인공이라고 착각하고 있는 거예요?!"

"그래, 맞아."

"……허?"

"딱 한 번. 딱 한 번만 내가 친히 남의 무대에 올라가준다는 거다. 그러니까——."

양팔을 벌렸다.

이 피투성이 무대에, 구제할 도리가 없는 진부한 시나리오에.

하다못해 진짜 주역이라도 등장시켜주마.

"박수와 갈채로 환영해라."

5

밤 25시 30분.

25시에 폐막한 무도회장에 지금까지 남아 있는 사람은 밀라를 포함한 극소수의 인간들뿐이었다.

빈객은 숙박용 객실로 갔고.

루, 조아, 히드라 3대 왕가와 호위병들도 그 뒤를 따랐다. 그런 그들의 표정에는 뭔가 개운치 않아 보이는 낙담의 빛이 어려 있었다.

샐린저가 나타나지 않은 것이다.

"……다행이야."

"아가씨."

"윽! 슈, 슈바르츠, 뭐죠?"

딴생각하고 있던 것을 들켰을까.

시종 슈바르츠가 의아하다는 듯이 이쪽을 들여다보고 있었다.

"상당히 피곤하신 것 같은데요. 이제 빈객도 돌아갔으니, 아가씨도 방에 돌아가 쉬시면 어떨까요?"

"……네, 그럴게요."

억지로 무도회에 참석하느라 지쳐버렸다.

익숙하지 않은 드레스. 구두. 장신구. 그리고 화장…… 타국의 빈객과 인사하는 자리에 불려 다니는 바람에 정신적으로 피곤해진 것은 사실이었다.

……이런 행사에는 절대로 참여하고 싶지 않았다.

……샐린저가 올지도 모른다. 그런 불안감만 없었으면 결석했을 것이다.

결국 사서 고생한 셈이다.

이런 한밤중까지 메인 홀에서 대기했는데도 아무 일도 일어나지 않았으니까.

"돌아갑시다, 슈바르츠. 이제 자야겠——."

"적이 쳐들어왔다! 여왕의 방에!"

긴장된 목소리가 무도회장에 메아리쳤다.

홀에 남아 있는 사람은 적었다. 연회장의 설비를 철거하던 시종들, 연회장 출구에서 환송하는 역할을 맡은 왕족 두 명과 호위병들.

그들 전원이——.

순간이동으로 이 홀에 나타난 소년을 일제히 돌아봤다.

"여왕의 방이 불타고 있어!"

조아의 순혈종 온.

그의 얼굴에는 온통 검댕이 묻어 있었다. 어린이용 연미복의 옷자락도 불에 탔다. 그 모습은 그야말로 엄청난 화재가 일어났다는 증거였다.

"여왕님이 전투 중이시다. 누군가가 여왕의 방에 있어!"

"샐린저인가?!"

술렁.

히드라의 당주 아켄의 한마디에 무도회장 전체가 동요했다.

"그놈이 나타났구나. 그렇지? 온 군!"

"⋯⋯⋯⋯⋯⋯⋯아뇨."

긴 침묵.

일각을 다투는 이 상황에서는 부자연스러울 정도로 긴 침묵과 생각 끝에, 조아의 젊은 당주 후보는 고개를 옆으로 흔들었다.

"저는 범인의 정체를 보지 못했습니다. 애초에 여왕님을 구출하면 범인 확인은 저절로 될 겁니다. 서둘러 단정할 필요는 없죠. 그보다도——…… 어?"

온의 말이 멈췄다.

무풍이어야 할 무도회장에 돌연 회오리 같은 돌풍이 휘몰아쳤기 때문이다. 그것도 무도회장 안에 있는 사람한테 휘감기듯이.

"……바람…… 너냐? 밀라베어!"

"나 혼자 가면 충분합니다."

메마른 소녀의 목소리.

"내가 여왕님을 도우러 가겠습니다. 아무도 이 연회장에서 움직이지 마세요. 아니, 실은 움직이지 못할 테죠."

"……무슨 뜻이지?"

"방해되니까요."

금발 머리 왕녀는 자기 스커트를 대담하게 확 차올렸다.

그리고 허벅지에 감아둔 벨트에서 단도 두 자루를 뽑아 들더니.

"여왕 폐하를 도우러 가는 것은 나 혼자면 충분합니다. 다른 사람들은 여기서 대기하세요."

"……하지만."

"**실수로** 베어버릴 겁니다."

더 이상의 문답은 없었다.

사상 최강의 여왕 후보라고도 평가받는 이 전투 인형이 진지하게 나선 이상, 거기에 이의를 제기할 사람은 존재하지 않았다. 아니——.

한 명 있었다.

그 한 명에 대해 짚이는 바가 있었기 때문에. 전투 인형이라고 불리는 소녀는 초조해하는 것이었다.

"슈바르츠, 따라오세요."

"아, 알겠습니다, 아가씨!"

"당신은 통신 담당입니다. 나에게 오는 연락과, 내가 하는 연락. 전부 다 맡기겠습니다."

대답은 기다리지 않았다.

대답을 기다릴 여유 따윈 밀라에게는 남아 있지 않았다.

……나는 오지 말아 달라고 말했었다.

……제발, 샐린저. 여왕의 방에 있는 사람이 당신이 아니기를.

어금니를 악물었다.

언제부터였을까. 자신은 그를 잃고 싶지 않다고 생각하게 되었다.

좀 더 같이 있고 싶으니까——.

얼굴을 잔뜩 일그러뜨린 채 복도를 뛰어가는 소녀에게서는, 더이상 전투 인형다운 모습은 찾아볼 수 없었다.

6

완전히 불타버린 여왕의 방.

피로 물든 바닥에 엎드려 있는 여왕 앞에서——.

마인이라고 불리는 인간과, 마녀라고 자신을 부르는 괴물이 마주 보고 있었다.

"후, 후후…… 후후후……."

속삭이는 듯한 마녀의 웃음.

부글, 부글.

그 발밑에서 마녀의 그림자가 끓어오르는 것처럼 거품을 일으키기 시작했다.

"제가 살인귀라고요? 너무하네요……. 남을 괴롭히면서 희열을 느낀다니………… 설마…… 그럴 리가…………………… 네, 그래요!"

그림자가 파열했다.

마녀의 그림자가 검은색 물보라를 일으키며 파열했고, 거기서 검은색 송곳 같은 삼각뿔이 분출됐다.

"바람이여."

샐린저도 성령술을 발동.

넓은 방에 불어온 바람이 뒤틀리면서 응축. 샐린저를 지키는 방패가 되었다. 그림자 송곳과 바람의 방패가 충돌하자——펑! 소리를 내면서 날아간 것은 방패였다.

"쳇!"

용수철처럼 몸을 확 뒤틀었다.

그런 샐린저의 뺨을 스치면서 날아간 그림자 송곳은 등 뒤의 벽에 박혔다.

힘겨루기에서 진 것이다.

"말은 거창한데 성령술은 귀엽네요. 어차피 반쪽짜리인 거죠."

샐린저의 성령술은 수경의 힘으로 빼앗은 것.

그것도 오리지널 성령술의 절반밖에 안 된다. 각각의 위력이 떨어지는 것은 어쩔 수 없는 일이었다.

"좀 더 확실하게 실력 차이를 가르쳐드리죠. 당신의 얼굴은 과연 얼마나 추하게 일그러질까요?"

"그 말, 돌려주마."

그렇게 대꾸하는 샐린저는 마녀를 보고 있지도 않았다.

쩌억.

기쁨에 취해 있는 마녀의 등 뒤에서, 천장을 받치는 돌기둥이 뿌리부터 뚝 부러졌다.

몇 톤이나 되는 중량.

그것이 마치 계산된 것처럼 마녀의 머리 위로 쓰러졌다.

"귀여운 것은 네놈의 그 덜떨어진 성격이지."

"윽?! 설마!"

"당연히 계산한 거다."

파동의 성령술.

보이지 않는 힘이라는 의미에서는 「바람」과 비슷한 능력. 그러나 바람은 바람 그 자체로 공격하는 데 비해, 파동은 그 힘을 매개체로 삼아 물체를 조작할 때 진가를 발휘한다.

"압사해라. 괴물."

붕괴된 돌기둥이 강렬한 굉음을 내면서 마녀를 짓눌렀다.

성을 뒤흔드는 땅울림.

여왕의 방은 즉시 맹렬한 흙먼지로 꽉 차버렸다.

"죄송하네요."

"뭣이?!"

흙먼지 속에서 쑥 튀어나온 손이 샐린저의 목을 붙잡았다.

달걀 하나 으스러뜨리지 못할 것처럼 가늘고 연약한 팔이었다. 그러나 인간이 아닌 괴물은 그 팔 하나로 샐린저의 몸 전체를 가볍게 들어 올렸다.

"깜짝 놀랐나요? 저는 무적이에요. 이런 돌덩이에 깔리는 것 정도로는 안 죽어요."

"이 자식이!"

목뼈 자체가 으스러진다.

그렇게 느낀 순간, 샐린저는 이미 괴물의 팔을 똑같이 붙잡고 있었다. 시간이 없다. 가장 빠르게 발동시킬 수 있는 성령술은——.

"번개여!"

샐린저의 팔이 환하게 빛났다.

파직! 소리를 내는 번개. 그것은 샐린저의 목을 붙잡고 있는 손을 통해 마녀의 온몸으로 눈사태처럼 밀려들어갔다.

"──키핫?!"

기괴한 비명을 지르며 날아가는 마녀.

그녀는 그대로 바닥에 쓰러졌다. 하지만 샐린저가 숨 한 번 고르기도 전에, 온몸이 결정체로 된 괴물은 상처 하나 없이 벌떡 일어났다.

"정말 귀여운 성령술이네요. 아, 미안해요. 또 당신에게 상처를 줬나요?"

"쳇."

무적이라고 자부한 것도 과장은 아니었나 보다.

몇 톤이나 되는 중량의 돌기둥으로 짓눌러도, 또 완전히 밀착한 근접전에서 번개의 성령술로 공격해도 전혀 효과가 없는 것처럼 보였다.

……처음에는 여왕이 진 이유를 알 수 없었는데.

……모든 면에서 인간의 상식을 뛰어넘는 존재였다. 겉모습에 걸맞은 괴물인 건가.

아니.

그런 척 연기하고 있을 뿐이다. 적어도 자신의 공격이 닿기는 했다.

"넌 확실히 괴물이구나. 그래 봤자 허수아비지만."

어깨에 묻은 흙먼지를 손으로 툭 털었다.

"물리적인 충격에는 매우 강하다. 하지만 성령술이 안 통하는 것도 아닌가 보군. 네놈의 왼쪽 어깨, 금이 가 있어."

마녀의 몸에 작은 균열이 생겨나 있었다.

돌기둥에 짓눌렸을 때가 아니다. 근접전에서 번개로 공격했을 때, 그곳이 희미한 소리를 내면서 갈라지는 것을 샐린저는 똑똑히 봤다.

그런데.

"……미안해요."

마녀는 그렇게 사과하더니, 한층 더 심술궂게 입술을 끌어 올렸다.

"이건 당신이 낸 상처가 아니에요. 그 전에 여왕 폐하의 불에 구워졌을 때 생긴 거죠. 거의 다 나았는데, 당신의 번개 때문에 살짝 벌어진 거예요."

"_____."

"기대하게 만들어서 미안해요. 자, 이렇게 사과할게요."

마녀의 그림자가 파열했다.

검은 물보라를 흩뿌리면서 거대한 검은색 송곳이 발사됐다. 하지만 그것은 샐린저도 이미 봤던 성령술이다.

……비정상적인 힘과 내구력.

……그에 비하면 공격은 단조롭고 둔했다.

피할 수 있다.

여유롭게 옆으로 도약할 수 있다. 그렇게 머리로 이해한 내용을 바탕으로 최적의 행동을 하려고 했을 때, 샐린저는 보고 말았다.

──여전히 쓰러져 있는 여왕.

──자신이 이대로 공격을 피하면, 그림자 송곳은 저 무방비한 육체를 꿰뚫을 것이다.

아무런 감정도 없는 상대.

오히려 언젠가 도전해주마! 하고 벼르고 있던 여왕을──.

"비켜!"

샐린저는 그 옷자락을 확 낚아채서 힘차게 벽 쪽으로 던져버렸다.

송곳의 공격 범위 밖으로.

그와 동시에 창으로 얻어맞은 듯한 격통이 샐린저의 등을 덮쳤다.

"……크윽."

"머, 멋져요!"

환호성이 들렸다.

등에서 선혈을 뿜어내는 샐린저. 그 모습을 본 마녀는 눈을 반짝반짝 빛내고 있었다.

"제가 오해하고 있었네요! 마인 샐린저 씨는 주역인 척하는 악당이 아니라, 황청을 지키려고 하는 정의의 영웅이 되고 싶었던 거군요!"

"이 녀석은 증인이다."

당장 기절할 것 같은 격통. 그런데도 샐린저는 눈살 하나 찌푸리지 않았다.

"너라는 괴물의 존재를 증언해 달라고 할 거야. 단지 그뿐이다."

"눈을 뜰 리 없어요."

쿡쿡거리는 마녀의 웃음소리.

"여왕 폐하에게 주입한 것은 **성령보다 더 강한 힘**. 그것을 견디지 못한 사람은, 영원히 꿈나라에 갇혀 돌아오지 못해요."

"……?"

여왕이 눈을 뜨지 못하리라는 선언보다도.

샐린저의 신경을 건드린 것은 그 전의 이야기였다. 성령보다 더 강한 힘이라니. 그런 것은 이 별에 존재하지 않을 텐데.

아니, 혹은.

"네놈이 변모한 것은 그 힘 때문이냐?"

"당신은 그것을 알 자격이 없어요. 어차피 여왕과 함께, 여기서——."

"『굉가(轟歌)』, 부르짖어라."

마녀의 대사가 싹 날아갔다.

굉가——소리의 성령으로 분류되지만, 이 성령술은 실은 바람에 더 가까웠다. 보이지 않는 소리의 파도가 모든 저항을 무효화하면서 마녀를 밀어냈다.

"윽?!"

넓은 방의 구석으로 날아가 부딪치는 괴물.

쩌적 하고 벽에 금이 갈 정도로 엄청난 충격이었다. 하지만 이걸로는 상대를 해치울 수 없다. 그 점은 샐린저도 잘 알고 있었다.

"쓸데없는 짓이라니까요. 저, 저는, 이런——."

"지폭의 성령."

"앗?!"

마녀가 눈을 부릅떴다. 벽에 꽂혀버린 자신의 발밑에 있는 바닥이 갑자기 물컹물컹하게 녹더니, 거기서 초고열 열파가 솟구치기 시작한 것이다.

지저에서 소환된 마그마가.

"솟구쳐라. 그대의 분노로 대지를 불태워라!"

샐린저의 최강의 카드.

이 별이 생성한 자연의 마그마를 소환해서 하늘 높이 분출시킨다.

──진홍색 섬광.

솟구치는 마그마가 마녀의 온몸을 집어삼켰다.

사방으로 튀는 마그마 방울이 벽을 녹이고 천장까지 파괴하기 시작했다.

"…………우둔한 놈…….."

끝났다.

샐린저는 크게 숨을 내쉬더니 이마에 맺힌 땀을 닦았다. 전신의 피로감과, 의식을 잃을 정도로 지독한 등의 격통.

당장 이 자리에 쓰러져 쉬고 싶었지만, 유감스럽게도 이곳은 적진이었다.

……호위병들도 방금 그 굉음을 듣고 눈치챘을 것이다.

……언제 여왕의 방에 쳐들어와도 이상하지 않다. 복도로 빠져

나갈 시간은 없겠군.

어차피 이런 부상을 입고 뛰어다니는 것은 불가능하다.

2층 창문을 깨고 거기서 성 밖으로 뛰쳐나갈까.

"당신은 못 가요."

선명한 보라색 불꽃이 돌연 샐린저의 주변 전체를 뒤덮었다.

여왕의 방의 문을 가로막고──.

2층에 있는 창문까지 막아버리면서──.

보라색 불꽃은 이 여왕의 방을 외부와 격리시키는 결계로서 활활 타올랐다.

"앗?!"

"──────────미안해요."

그것이 누구의 목소리인지 깨닫기도 전에 오른쪽 허벅지를 꿰뚫는 격통이 느껴졌다. 샐린저는 털썩 바닥에 무릎 꿇었다.

검은색 송곳이 그의 허벅지를 꿰뚫은 것이다.

"……너, 이 자식!"

"아아, 멋진 표정이에요. 저는 그런 표정을 무척 좋아한답니다."

뜨겁게 달뜬 눈으로 바라보는 마녀.

온몸에 심하게 금이 가 있는데도, 그 육체에는 통증이란 것조차 존재하지 않는 듯했다.

"이제 곧 조아와 루가 올 겁니다. 오늘 밤 한꺼번에 다 해치울 생각이었는데, 오늘은 전 이미 너무 행복해서 완전히 만족해버릴 것 같아요."

마녀가 황홀한 미소를 지었다.

그러는 사이에도 금이 간 부분이 수복되어 나아가고 있었다.

"한낱 속물인 줄 알았더니. 설마 마인 샐린저가 이토록 굉장한 사람일 줄이야…… 저, 정말로 흥분했어요!"

그리고 한 발, 또 한 발 이쪽으로 다가왔다.

다리가 꿰뚫려 일어나지도 못하는 자신을 향해. 덫에 걸린 사냥감을 샅샅이 훑어보는 듯한 눈빛으로.

"아아, 제발 끝까지 헛되이 발버둥 쳐주세요. 저를 이길 수 있을지도 모른다. 저에게 타격을 줄 수 있을지도 모른다. 그런 희망을 제발 버리지 말아주세요!"

"……어느 쪽이 속물인지 모르겠군."

어금니를 악물었다.

강철 같은 의지로 표정은 유지하고 있었지만, 방금 꿰뚫린 오른쪽 허벅지에는 거의 힘이 들어가지 않았다. 등의 상처도 여전히 벌어져 피가 흐르고 있었다.

출혈로 인한 현기증.

아무리 강철 같은 의지가 있어도, 사람은 피를 흘리면 의식이 흐려진다. 그리고 이 상황은 객관적으로 본다면 이미 패배한 거나 마찬가지였다.

──지폭의 성령으로도 거의 타격 없음.

천적인 것이다.

마녀 프랑소와즈의 무적에 가까운 내구력. 네뷸리스 여왕도 끝내 해치우지 못한 괴물과, 자신의 「반쪽짜리 위력인 성령술」은 상성이 너무나 나빴다.

"아니, 혹시 방금 그것이 당신의 가장 강력한 술수였나요?"

마녀의 음성에 차가운 살기가 섞여들었다.

"유감입니다. 그럼 이걸로 끝이겠네요."

마녀 프랑소와즈가 양팔을 벌렸다.

발밑에 뻗어 있는 그림자가 부풀어 오르더니 수십 개나 되는 검은색 송곳이 떠올랐다. 한편 자신의 성령술은 어떤가 하면, 저 송곳 하나를 상쇄시키는 것조차 불가능했다.

"……쯧. 단역 주제에 헛소리 지껄이지 마라!"

어쩌지. 어떻게 대항하면 되지?

출혈로 눈앞이 흐려졌다. 등과 다리의 격통 때문에 집중력이 떨어졌다.

……웃기지 마.

……겨우 이런 상처로. 이런 시시한 단역 때문에.

힘이 다하여 쓰러질 수는 없다.

혹시 내 인생의 막이 내리는 순간이 있다면, 그것은 반드시 그녀와 싸울 때여야──.

그때 마녀가 보석 같은 피를 뿜어내며 쓰러졌다.

"……혁?!"

의식의 불빛이 꺼져가는 가운데.

출혈로 현기증이 나서 흔들리는 시야 속에서.

"윽. ……벌써 시간이 다 됐나? 당주님도 분명히 당부하셨는데, 정신없이 놀다 보니 8분이란 시간이 너무 짧구나……."

마녀 프랑소와즈가 비틀거리면서 몸을 일으켰다.

그 발밑에는 결정화된 핏방울의 흔적이 남아 있었다.

……괴로워하는 건가?

……그토록 무적을 자랑하던 괴물이?

성령술을 연달아 맞아서 부상이 축적된 걸까. 아니면 다른 이유 때문일까.

어느 쪽이든——.

"흥! 그래, 유쾌하구나!"

샐린저는 진심으로 환희했다.

바로 지금. 시나리오가 다시 쓰인 순간을 똑똑히 봤다.

무대의 지배자는 누구인가?

관객이다. 운명이란 이름의 관객이 이 진부한 시나리오를 비난하면서 모든 것을 뒤엎어놓은 것이다. 주역은 히드라가 아니라고.

진정한 주역은——.

"나였어."

여전히 격통 때문에 비지땀이 흐르고 있었지만, 그래도 환희가 온몸을 가득 채웠다.

이제야 알 것 같았다.

별의 운명이 선택한 주역이 자신이라면, 자신에게는 어울리지 않는다고 생각했던 수경의 성령도 뭔가 의미가 있을 것이다.

"샐린저. 당신은 자기 성령을 싫어하죠?"

돌이켜보면.

무례하기 짝이 없는 전투 인형한테 그렇게 지적당했을 때 자신은 뭐라 반론하지 못했다.

그 말이 정답이었기 때문이다.

"당신은 성령술을 수집하는 데 집착하면서, 강한 성령술을 마구 흩뿌리는 것이 강한 거라고 생각하고 있죠. 하지만 그것은 전부 다 당신의 성령술은 아닙니다."

정말로 그러했다.

수경의 성령은 그저 성령의 절반만 복사할 뿐. 자신이 사용하는 성령술 따윈 남한테서 빌린 것에 불과하다. 왕을 **초월**하겠다고 벼르면서도, 실제로는 남의 힘을 빌려 으스대고 있다.

그런 갈등은 도저히 뒤엎을 수 없——.

정말?

이것이 정말 자신이 가지고 있는 힘의 전부일까?

…………아니다.

누가 그런 스토리를 정해놨단 말인가.

내가 정하는 거다.

"나는, 내 무대에 한계란 단어를 적용시키지 않겠다!"

두 무릎에 힘을 줬다.

간신히 움직여지는 왼 다리로 구멍 뚫린 오른 다리를 지탱하면서. 거친 호흡을 숨기지도 못할 정도로 만신창이가 되었는데도, 샐린저는 확실히 일어나 있었다.

"이봐, 어릿광대."

여전히 바닥에 엎드려 있는 마녀를 향해 손을 까딱했다.

어서 일어나라고.

"누가 주역인지 가르쳐주마."

"……후, 후후, 정말 귀여운 허세군요. 얼굴이 창백해졌는데요?"

마녀 프랑소와즈도 똑같이 일어났다.

살육의 정념으로 뒤덮인 미소를 지으면서.

"당신이 주역인 무대란 것은 있을 수 없어요. 자, 봐요. 저에게 타격을 준 것은 여왕의 성령술. 제가 쓰러진 것도 저 자신의 활동 한계 때문. 당신이 뭘 했다는 거죠?"

"————."

"당신의 성령술은 빌린 물건이죠. 성령술사를 덮쳐서 그의 성령술의 절반만 빼앗을 뿐."

"절반이기 때문에 가능한 일도 있는 거다."

"……네?"

"네놈의 말이 맞아. 괴물아. 수경이란 것은 성령을 둘로 분할하는 힘이 있다."

자신에게는 수십 개나 되는 성령술이 있다.

반으로 쪼개진 조각들이.

"쪼개진 성령술 두 개를 이어 붙여, 새로운 하나의 성령술을 창조한다!"

개별적인 성령으로는 결코 도달할 수 없는 높은 차원으로 올라간다.

두 개의 성령을 합쳐서——.

"나는 모든 개별적인 성령을 초월할 것이다. 내가 올라가는 거다. 그 어떤 왕족과 시조도 올라가지 못했던 무대로!"

"건방 떨지 마라!"

마녀가 고함쳤다.

"주제넘은 발언입니다. 범용한 서민에 불과한 도둑 주제에!"

발밑의 그림자가 길게 늘어나 양손에 들러붙었다. 그것은 순식간에 뒤틀린 흑(黑)의 손톱으로 변했다.

열 개의 흑의 손톱이 마치 단도처럼 날카롭게 벼려졌고——.

"이 무대에서 죽는 것조차도 당신에게는 과분한 명예입니다."

그리고 바닥을 박찼다.

마녀라고 자칭하는 괴물과, 마인이라고 불리는 인간이 동시에 달리기 시작했다.

　이것은——.

　"제 무대입니다!"

　"내 무대다."

　그 둘이 교차했다.

　빛과 어둠의 상투스*『오오, 왕이시여. 그대의 무궁무진한 광명
은 심연마저 거느리는가』.

　"————."

　"……이건, 거짓말……이죠?"

　샐린저의 양손에 현현한 두 자루의 칼.

　빛과 어둠의 칼에 베여 쓰러진 것은 마녀 프랑소와즈였다.

　"네놈에게 커튼콜(종연 인사)은 아직 너무 일러."

　"…………후후…….."

　삐걱, 빠지직.

　결정체로 된 몸에 금이 간다. 몸의 껍질이 벗겨져 떨어지고, 바
닥에 부딪친 파편이 빛으로 변한다. 그런 자기 모습을 내려다보
는 마녀는 신기하게도 더없이 만족한 표정이었다.

　"……저처럼, 약한 성령술사도…… 이 힘이 있으면…… 무대에
올라갈 수 있을지도 모른다고…… 생각했는데."

———————

*성변화(聖變化)가 임박했음을 알리는 기도문.

"_____."

"당신을 동정합니다. 샐린저. 당신은…… 저와 만나고 말았어요. 이 세상의 건드리면 안 될 심연을 건드려버린 거죠."

그리고 빛으로.

수없이 조각난 마녀는 빛으로 변해 사라져갔다.

"……윽."

정적으로 뒤덮인 여왕의 방.

그곳에 홀로 우두커니 선 샐린저는 하마터면 그대로 쓰러질 뻔했다.

"육체가 통째로 사라질 줄이야…… 끝까지 귀찮게 구는군……."

눈앞이 흐려졌다.

피를 너무 많이 흘려서 움직여지지 않는 오른다리를 질질 끌면서 천천히 넓은 방의 가장자리로 걸어갔다.

──쓰러진 여왕.

바들바들 경련하면서 이따금 간헐적으로 숨을 쉬고 있었다.

진범이 사라져버린 이상, 증언을 해줄 수 있는 사람은 이 여왕밖에 없었다. 그 마녀는 "영원히 눈을 뜨지 못한다"라고 말했지만…….

"이봐, 여왕. 넌 무조건 눈을 떠줘야겠어."

하지만 자신으로선 어떻게 할 방법이 없었다.

하다못해 가신이 금방 발견할 수 있도록 방의 가장자리에서 한가운데로 옮겨놔야겠다. 그런 생각을 하면서 그쪽으로 다가가 손을 내밀었다.

　──그 순간, 자신은 미처 눈치채지 못했다.

　──마녀가 사라짐과 동시에 이 여왕의 방을 뒤덮었던 보라색 불꽃도 사라졌다는 사실을.

　끼긱.

　여왕의 방의 문이 날아갔다. 곧바로 누군가가 뛰어 들어왔다.

　"누구냐?!"

　소리가 목구멍에서 튀어나왔다.

　희미한, 그야말로 예감이라고도 할 수 없는 희미한 「무언가」에 이끌려 뒤를 돌아봤다.

　그 시선 끝에는──.

　아름다운 무도회 드레스를 입은 왕녀가 서 있었다.

　"……샐린저."

　"……밀라?"

　과거에 본 적 없을 정도로 거칠게 숨을 헐떡이면서.

　과거에 본 적 없을 정도로 비통하게 굳어진 표정으로.

　왕녀가, 눈을 부릅뜨고 있었다.

　피로 물든 바닥에 쓰러져 있는 여왕 7세.

　그리고 자신을 돌아보더니──.

　"…………."

즉시 입술을 꽉 깨물었다.

깨문 입술이 서서히 떨리기 시작했고, 뺨이 실룩거렸고, 어깨가 딱딱하게 굳어갔다.

무슨 말을 하려고 했지만.

결국 오열을 삼키는 듯한 몸짓과 함께, 방금 꺼내려고 했던 말을 삼켜버리고.

손을 움켜쥐었다.

하지만 그 움켜쥔 손은 금방 힘을 잃고 다시 펼쳐졌다.

그런 밀라의 모든 것을 보았을 때——.

샐린저는 무대의 막이 내렸음을 깨달았다.

"샐린저어엇————————————!"

소녀는 울고 있었다.

뺨을 타고 흘러내리는 눈물의 이유는 분노일까, 슬픔일까, 아니면 아픔일까.

"…………."

새빨개진 얼굴로 소리를 지르는 왕녀 앞에서.

샐린저는 그저 말없이 그 자리에 우두커니 서 있었다.

……기계 인형인 줄 알았는데.

……그런 표정도 지을 수 있구나. 그런 목소리로 울기도 하는구나.

무도회 드레스.

곱게 치장한 밀라 왕녀는 울고 있는데도 아름다웠다. 이것이 얼마나 이 상황에 어울리지 않는 감정인지 알면서도, 저절로 아름답다고 느꼈다.

"당신이…… 당신이, 여왕님을 공격했나요?!"

그렇게 보일 것이다.

마녀는 사라졌다. 이 여왕의 방에는 딱 두 사람밖에 없었다. 쓰러진 여왕과 자기 자신. 그렇다면 여왕을 공격한 사람은 자신처럼 보이는 게 당연했다.

——설령.

——마음속에 뭔가를 숨기고 있다 해도.

사적 감정을 개입시킬 여지가 어디 있겠는가?

자신이 본 현실에 의거해 판단할 수밖에 없는 것이다. 그녀는 이 나라의 왕녀이므로.

"대답하세요!"

"…………."

해명은 가능했을지도 모른다.

어쩌면 그녀도 그것을 원했을지도 모른다. 제발 아니라고 말해 줘. 변명을 해줘. 울어서 부어버린 눈이 그렇게 부탁하고 있었다. 하지만——.

그래도 되는 걸까.

어떤 망설임이 샐린저의 마음에 말을 걸었다.

……혹시 내가 "난 범인이 아니야", "못 본 척해줘"라고 말한다 해도.

……그렇게 나약한 나 자신을 그녀에게 보여줄 수 있을까?

참 살기 힘든 미학이란 것도 있다.

여기서 무릎 꿇고 살려 달라고 탄원하는 모습을 보여줄 바에야, 차라리 이 자리에서 처형당하는 게 낫다.

설령 무대가 막을 내렸어도――.

자신이 구해준 여주인공에게 목숨을 구걸하는 주역이 대체 어디 있단 말인가?

주역을 자처한 이상.

끝까지 주역으로서 무대를 마치는 것이 도리일 테지?

설령 라이벌이라는 관계를 여기서 끝내버리는 꼴이 되더라도.

자신은 여왕을 공격한 대역죄인.

밀라는 단죄자.

"샐린저! 대체 왜?! 왜 이런 짓을 한 겁니까!"

왕녀는 계속 오열했다.

등 뒤에는 시종 슈바르츠도 있었지만, 그것조차 눈치채지 못할 정도로 왕녀는 오로지 자기만 바라보고 있었다.

"나는 당신을 유일한 숙적이라고 생각했어요. 우리가 적이어도, 같이 있을 때에는 즐거웠고. 더 오래 같이 있고 싶었는데. 그걸 왜 망가뜨린 겁니까!"

"…………."

그런가.

샐린저는 몰래 마음속으로만 깊이 고개를 끄덕였다.

나는 단 한순간만이라도 너의 숙적이 되었던 거구나.

아아, 관객이여——.

모든 것을 지켜본 별이여, 모든 것을 인도한 수많은 성령들이여——.

바라건대.

너희들만은 박수와 갈채를 보내줬으면 좋겠다.

나는 단 한순간만이라도 그녀의 숙적이 되었고, 단 한 번만이라도 그녀를 구할 수 있었던 것이다.

그러니 나는 무대를 떠나겠다.

그녀의 눈물을 보고 느끼는 바는 있지만, 그래도 이 정도면 꽤 괜찮은 대단원이라고 평가할 만했다.

다만——.

자신의 활약은 이번 계획을 무너뜨리는 데서 끝났다.

히드라라는 사악한 존재는 건재했다. 아마 한동안 얌전히 지낼 테지만, 틀림없이 언젠가는 또다시 움직이기 시작할 것이다.

……밀라여, 그때는.

……네 곁에 나는 없다. 있어줄 수 없다.

우리는 공존할 수 없는 존재다.

이 한순간의 교점만 지나가면 끝나는 관계. 실은 그것조차도 자신에게는 지나치게 운 좋은 만남이었다.

그러니까——.

"밀라."

소녀는 퍼뜩 고개를 들었다.

샐린저는 그 눈동자를 가만히 바라보면서 이렇게 말을 이었다.

"너는 여왕이 될 만한 인간이 아니야."

"!"

"너는 어리석어. 완벽하게 냉혹해지지 못해. 완벽한 마녀가 되지 못해."

너는 기계 인형 같은 게 아니었어.

너는 너무 다정한 사람이다.

나 같은 범죄자를 위해 눈물을 흘리고, 너를 배신한 나한테도 "같이 있고 싶었다"라고 말해주다니.

그렇게 무른 성격이 너의 빈틈이 될 것이다.

……여왕이 되어, 신뢰하는 가신들과 부하들에게 둘러싸여.

……배신을 당할 것이다. 가장 신뢰하는 왕가한테.

그러니까.

그러니까 너는, 여왕이 되지 마라.

"……샐린저."

왕녀가 한 걸음 앞으로 내디뎠다.

덜덜 떨리는 손으로 서툴게 단검을 쥐고서.

"그런 말을 하러 여기까지 온 겁니까. 단지 그런 이유로, 이런 짓을…… 여왕님을 공격한 겁니까."

"_____."

"대답해요! 대답하지 않는다면, 나는 이 자리에서 당신을…… 당신……으……을……."

뒷말을 잇지 못했다.

과거에 전투 인형이라고 불리던 왕녀는 이제 눈이 새빨갛게 부을 정도로 울고, 얼굴을 엉망으로 일그러뜨리고, 입술을 새파래질 정도로 꽉 깨물고 있었다.

"나는, 나는……."

힘을 잃은 손아귀에서 단도 한 자루가 스르르 떨어졌다.

그것을 줍지도 못하고.

밀라 왕녀는 단 한 자루의 단도를 양손으로 움켜쥐더니, 그것을 똑바로 내밀고 달리기 시작했다.

그 칼끝으로 이쪽의 가슴을 겨누면서——.

"나는! 이렇게 불편한 기분으로 당신과 싸우고 싶진 않았어!"

두 사람이 교차했다.

이 밤, 이 세계에서, 가장 격렬한 절규와 함께.

그 무대 끝에──.

샐린저는 제13주의 오레르간 감옥탑에 갇히게 되었다. 여왕의 성령을 빼앗으려고 침입한 최악의 마인으로서.

그 후──.

네뷸리스 7세는 목숨은 건졌지만, 마녀 프랑소와즈가 예언했던 대로 그 후에도 증인으로서 말을 할 수 있을 정도로 회복되지는 못했다.

진실을 아는 사람은 오직 자신밖에 없었다.

그리고 자신은 옥중에서 아무리 고문을 당해도 진상을 이야기하지 않았다.

……히드라의 음모를 밝히면, 궁지에 몰린 그놈들이 무슨 짓을 할지 모른다.

……밀라의 생명이 또다시 위험해질 것이다.

침묵이 곧 메시지.

나는 아무 말도 하지 않을 테니까, 너희도 얌전히 있어라──

샐린저와 히드라 사이에 암묵적인 거래가 성립된 순간이었다.

7

균형과 정적의 25년.

오레르간 감옥탑에서 시간을 보내던 샐린저는 어떤 풍문을 들었다.

히드라의 세대교체.

당주 아켄이 수수께끼처럼 실종되고 새로운 당주 탈리스만이 등장했다는 것은 황청 전체에서 화제가 되었다. 그것은 무엇을 의미하는가——.

"……움직였구나."

지하 감옥 안에서 샐린저만 유일하게 눈치챘다.

계획이 다시 세워진 것이다.

태양이 떠오른다. 그때와 마찬가지로, 혹은 마녀 프랑소와즈보다 더 엄청난 괴물을 거느리고.

"그러나 히드라여. 가슴에 새겨둬라."

다시 한 번 가르쳐주마.

여왕에게 덤비는 행위는, 초월의 마인을 적으로 삼는 행위란 것을.

═══════════

그로부터 또 5년이 지난 현재——.

오레르간 감옥탑에 초대받지 않은 손님이 찾아왔다.

"리샤 인 엠파이어입니다. 미리 면담 예약을 해야 했나요?"

제국군, 천제 직속 사도성.

이 지하 생활에도 질린 샐린저한테는, 적어도 간수보다는 자극적인 상대라고 할 만했다.

"여기서 탈출할 수 있게 해드리겠습니다. 지금 당장."

"…………."

샐린저는 그 제안을 받아들였다.

제국군의 개가 될 마음은 당연히 없었다. 제국군의 힘을 빌리면서까지 탈옥하기로 결심한 것은, 5년 전부터 히드라의 움직임이 눈에 띄었기 때문이다.

——30년 전의 진실을 아는 자가 탈옥한다면.

——히드라는 몹시 당황하여 최우선 목표를 바꿀 것이다. 여왕에서 자신으로.

그러면 된다.

그녀 대신 자신이 표적이 된다면 더 이상 바랄 것이 없다.

……밀라, 설령 영원히 진실을 이야기하지 못한다 해도.

……나는 이 어두운 무대에 머무를 것이다.

Chapter.6

『커튼콜은 아직 너무 이르다.』

the War ends the world /
raises the world

네뷸리스 왕궁.

아침 햇살이 비치는 여왕의 방은 청징하고 신성하며 조용했다.

그때 그 순간과는 모든 것이 달랐다.

──30년 전.

──울면서 소리쳤던 밀라 왕녀는 이제 밀라베어 여왕으로서 여기 서 있었다.

"이 정도면 충분하겠죠."

묘하게 기계적인 목소리로 여왕이 말을 꺼냈다.

"시스벨. 이제『등불』은 꺼도 됩니다."

"……아, 알겠습니다. 어마마마."

재현된 30년 전의 영상.

실은 여왕이 그런 말을 하기도 전에 등불의 성령술은 해제되어 있었다.

연속 재현 시간의 한계에 다다랐기 때문이다.

그러나 이것으로 충분할 것이다.

완벽한 방관자로서 과거를 지켜본 시스벨조차도 확실히 알 수 있었다. 지난 30년 동안 여왕이 무엇 때문에 고민하고, 어째서 진실을 아는 것을 두려워했는지.

악명 높은 대역죄인 샐린저는 스스로 오명을 뒤집어쓰면서 여왕을 구하려고 했던 것이다.

과거에도.

더 나아가 현재에도.

"……저, 저기요, 어마마마……."

"수고했습니다. 시스벨."

딸의 머뭇거리는 말투와는 대조적으로 여왕의 목소리는 차분했다.

오히려 딸이 어안이 벙벙해질 정도로 온화한 음성과 눈빛으로 이야기했다.

"당신은 제국에서 이제 막 황청으로 돌아왔는데. 정말 힘든 일을 부탁했네요. 이제 방으로 돌아가서 쉬세요."

"네, 넷! 그럼 이만 실례하겠습니다!"

얼른 인사한 뒤 시스벨은 문을 향해 종종걸음으로 뛰어갔다.

여왕의 방에서 총총히 떠나가는 딸.

똑똑한 아이였다.

틀림없이 등불이 비춰주는 과거를 보고, 여기 있는 게 은근히 불편해졌을 것이다.

그 뒷모습을 끝까지 지켜본 후.

"…………아아!"

밀라베어 루 네뷸리스 8세는 무너지듯이 털썩 주저앉았다.

차가운 바닥.

우연의 장난일까. 그것은 그날 네뷸리스 7세가 쓰러져 있던 바닥의 바로 옆이었다.

"……나는…… 도대체, 무슨 짓을…………!"

여왕의 방에 오열과도 같은 한숨이 메아리쳤다.

입을 막아도 막을 수 없는 통곡이.

"'그걸 왜 망가뜨린 겁니까'라고? 대체 무슨, 무슨 말을 한 겁니까, 나는…… 그를 믿지 못하고, 그 관계를 망가뜨린 것은 오히려 나였는데!"

후회?

아니다. 후회하는 게 아니었다.

용서할 수 없는 것이었다. 자기 자신을.

……혹시 사과할 수 있다 해도. 참회할 수 있다 해도.

……나의 남은 일생을 참회에 다 바친다 해도, 나는 나 자신을 용서하지 못할 것이다.

알고 싶지 않았을 정도로 끔찍한 엇갈림.

하지만 왠지 모를 예감은 있었을 것이다. 뭔가 무시무시한 엇갈림의 예감이.

"…………………."

눈앞이 흐려지고 가슴이 심하게 두근거렸다.

차라리 의식을 잃고 쓰러질 수 있으면 얼마나 마음이 편할까.

"…………하지만."

이를 악물었다.

바싹 마른 입술을 일그러뜨리면서 밀라베어 여왕은 무릎에 필사적으로 힘을 줬다.

"…………여기서 쓰러지면…… 그야말로 나는, **누군가의 도움으로 여왕이 된** 의의를 잃어버릴 겁니다. 그러니까 쓰러질 수 없어요!"

비틀거리면서도 몸을 일으켰다.

"……샐린저."

대답은 없었다.

여왕의 방에는 여왕인 자신만 남아 있었다. 30년 전 왕녀였던 자신을 구해준 주역은 없었다.

……아니, 없는 게 아니다.

……내가 그를 멀리 쫓아냈던 것이다.

하지만 지금이라면 알 수 있었다.

그가 남겨준 말이 가슴 아플 정도로 깊이 스며들었다.

"당신의 말대로 나는 여왕이 될 만한 사람이 아닙니다. 장녀 일리티아를 막지 못했고, 차녀 앨리스의 도움으로 살아남았고, 삼녀 시스벨에게도 이런 추태를 보이고 말았죠…… 하지만……!"

마지막으로 할 일이 남아 있었다.

여왕으로서.

"진정한 화근을 제거하겠습니다. 이 별의 가장 큰 재액을."

30년 전 사건의 주모자는 히드라였다.

하지만 그 히드라도 실은 별의 재액에 홀려버린 것이었음을 알게 되었다.

……화근의 근원을 더듬어본다면.

……나와 샐린저도, 전부 다 재액의 희생자라고 할 수 있을 테죠.

그러니까 쓰러져 있을 수는 없다.

통신기를 꺼내 들었다.

바르르 떨리는 손가락으로 몇 번이나 실수하면서 액정 화면을 조작했다.

"————앨리스, 나예요."

『어마마마?!』

통신하는 곳은 머나먼 적국.

통신 상대는 자신의 딸.

『잠시만 기다려주세요, 어마마마! 지, 지금 당장 혼자 있을 수 있는 곳으로——.』

"상관없습니다."

아마도 제국 병사나 사도성이 곁에 있는 것이리라.

그거면 됐다.

"앨리스. 이대로 내 목소리를 그들에게 들려주세요."

『……네?』

"여왕 네뷸리스 8세는 천제 융메룽겐과 직접 대화하기를 원합니다. 그를 바꿔주겠어요?"

……올라가봅시다.

……그날, 밀라 왕녀가 내려가 버렸던 싸움의 무대로.

전성기는 벌써 옛날에 지났다.

더 이상「현재」의 여주인공은 자신이 아니다. 하지만, 그래도.
자신은 최후의 막을 내리는 자들의 일원이 되고 싶었다.

그래——.

아직 자신의 이야기는 끝나지 않았다.

커튼콜은 아직 너무 이르다.

Epilogue

『박수와 갈채를 보내며 지켜보라.』

the War ends the world /
raises the world

반짝반짝 깜빡거리면서 빛나고 있었다.

네뷸리스 왕궁.

태양이 가라앉은 밤하늘이라는 캔버스에서, 달그림자보다 더 강하게 빛나는 별의 요새.

그 빛을 등지고 샐린저는 큰길을 따라 걷고 있었다.

"…………."

샐린저가 가로질러 가는 번화가. 그곳에는 호외 신문이 이리저리 날아다니고 있었다.

오늘 아침이었다.

여왕이 직접 황청 전체를 뒤흔들 만한 내용을 발표했다.

——히드라의 음모.

——당주 탈리스만의 추락.

여왕의 방 폭발 사건, 제3왕녀 시스벨 납치 사건, 그 외 셀 수 없이 많은 혐의에 관하여, 3대 왕가 중 하나인 「히드라」의 죄가 백일하에 드러났다.

"……너무 늦은 감이 있지만."

샐린저의 입장에서는 그것은 눈 한 번 깜빡일 정도의 가치조차 없었다.

그렇다. 히드라의 죄가 폭로되든 말든, 그로써 과거가 달라지는 것은 아니다. 하지만———.

3대 왕가의 시대는 이걸로 끝나게 될 것이다.

삼각관계로 서로 견제하면서 유지되던 균형은 무너지고, 네뷸리스 황청이라는 「왕가가 지배하는」 체제도 달라질 것이다.

왕가라는 절대적 강자의 시대에서 새로운 시대로 넘어가리라.

"……성령술사의 나라는 이제 끝인가."

어떻게 달라질지는 샐린저도 몰랐다. 예상해볼 마음도 없었다.

그것은 자신의 역할이 아니니까.

그것을 결정할 사람은———.

"너다. 밀라."

여기에 없는 그녀.

30년 전부터 서로 다른 길을 걷게 된, 평생의 유일한 숙적을 향해.

"밀라, 네가 네뷸리스 황청의 마지막 여왕이다. 마지막 무대에 올라가기로 마음먹었다면."

나는, 너와는 다른 무대에서 지켜보마.

성전에 이르지 못했던 두 사람.

설령 현재 세계의 주역이 아니라 해도.

그들의 재등장(앙코르)을————.

박수와 갈채를 보내며 지켜보라.

후기

"그들의 재등장(앙코르)을, 박수와 갈채를 보내며 지켜보라."

『너와 나의 최후의 전장, 혹은 세계가 시작되는 성전』(너와 나의 전장) 15권을 읽어주셔서 감사합니다.

이번에는 성전에 이르지 못했던 두 사람의 이야기——.

정말 사소한 엇갈림 때문에 주역과 여주인공이 되지 못했던 두 사람의 만남과 교차, 그리고 결별까지의 스토리를 재연했습니다.

완전히 행복하게 끝났다고는 할 수 없는 과거의 시나리오.

하지만.

이 두 사람의 이야기에는 속편이 있습니다.

과거에 주역이 되지 못했던 두 사람이, 30년 후인 현재의 무대에 어떤 형태로 등장할지. 지켜봐주시면 좋겠습니다.

그리고 또 하나.

이번에는 「등불」에 의한 과거편이 메인이었는데요. 이 최신간에서는 별, 달, 태양의 세 왕녀가 마침내 한자리에 모이게 되었습니다.

6권부터 시작된 황청과 제국의 직접 대결 이후로 마침내 여기까지 왔네요.

제국과 황청이 앞으로 어떻게 변화할지 지켜봐주세요. 또 그런

변화 속에서 이스카와 앨리스의 입장도 조금씩 변할 거라고 생각합니다.

16권도 부디 기대해주세요!

자, 본편에 관한 이야기는 여기까지 하고——.

애니메이션 『너와 나의 전장』에 관한 정보입니다.

새삼스레 보고를 드리자면, 제2기인 Season Ⅱ도 전력으로 진행되고 있습니다. 조금만 더 기다려주시면 후속 정보도 알려드릴 수 있을 것 같아요!

저도 각본 회의에 참여하고 있는데, 제작진 여러분이 한 편 한 편 정말로 꼼꼼한 스토리를 만들어주고 계신다는 것을 실감하고 있습니다.

여러분의 기대(+a)에 부응하는 애니메이션을 보여드리기 위해 노력하겠습니다!

그리고 또 하나의 시리즈에 관한 소식도 알려드리겠습니다.

MF 문고 J 『신은 게임에 굶주렸다.』 최신간 6권이 간행되고 있습니다!

이쪽도 애니메이션 제작이 진행되고 있습니다. 최고로 열정적인 제작진과 성우 여러분이 참여하게 되었어요. 제작도 순조롭게 되고 있으니 조만간 다음 소식도 전해드릴 수 있을 것 같습니다!

7권도 이제 곧 간행됩니다. 원작도 지금부터 읽어주셨으면 좋겠어요!

　자, 그럼 감사 인사를 드릴게요!
　이번에도 신세 진 모든 분께 인사를 드리겠습니다.
　네코나베 아오 선생님——밀라&샐린저 커버 일러스트를 그려주셔서 감사합니다!
　아름답고 사랑스럽고 고상하고, 그리고 슬픈 모습.
　서로를 등지고 서 있는 두 사람의 표정이 이 이야기의 모든 것을 보여주고 있다. 그런 심정이 되었습니다. 애니메이션 속편에 관해서도 부디 잘 부탁드리겠습니다!
　담당자 O님——.
　원작 소설은 물론이고, 애니메이션 속편에 관해서도 언제나 그 누구보다도 정열적이고 강력한 소감을 말씀해주고 계시죠. 덕분에 정말로 마음 든든합니다. 앞으로도 계속 잘 부탁드릴게요!

　그럼 마지막으로 간행 예고를 하겠습니다.
　『너와 나의 전장』 16권은 올겨울에 보여드릴 예정입니다.

　『검사 이스카와 마녀 공주 앨리스의 이야기, 제16막.
　제국이, 황청이, 어느 쪽에도 속하지 않는 자들이.
　별, 달, 태양 각각의 볼텍스를 통해 이 세상에서 가장 깊은 비경——별의 중추로 가려고 움직이기 시작한다.

어떤 자는 마녀 일리티아와 결별하기 위해서.

어떤 자는 별의 재액을 타도하기 위해서.

어떤 자는 과거와 결별하기 위해서.

그런데 마치 그 의지를 비웃는 것처럼, 별의 깊숙한 곳에서는 알려지지 않은 「악의」가 꿈틀거리고 있었다.

이것은──.

별에 다다르는 자, 별에 둥지를 튼 자, 별에 소원을 비는 자의 이야기.』

부디 놓치지 말고 봐주세요!

네, 그러면──.

우선은 『신은 게임에 굶주렸다.』 7권이 23년 여름 예정.

이어서 『너와 나의 전장』 16권이 올겨울로 예정되어 있습니다.

두 시리즈를 애니메이션과 함께 전력으로 진행시키겠습니다!

그럼 여러분, 다음에 또 만나요!

여름처럼 무더운 밤에, 사자네 케이

예 고

난 정말 신기한 기분이야……
불안해서 견딜 수 없을 텐데……
네가 곁에 있으니

이스카가, 앨리스가, 제907부대가
시조가, 천제가, 여왕이, 왕녀들이
사도성이, 별의 중추로 향할 때
알려지지 않은 악의가 부상한다
이 세계의 시작에
이스카와 앨리스가 본 것은──

지고의 마녀와 최강의 검사의 무도, 제16권
갑시다. 성령들이 태어나는 곳으로

KIMI TO BOKU NO SAIGO NO SENJO, ARUIWA SEKAI GA HAJIMARU SEISEN 15
©Kei Sazane, Ao Nekonabe 2023
First published in Japan in 2023 by KADOKAWA CORPORATION, Tokyo.
Korean translation rights arranged with KADOKAWA CORPORATION, Tokyo.

너와 나의 최후의 전장, 혹은 세계가 시작되는 성전 15

2025년 1월 15일 1판 1쇄 발행

저　　　자 사자네 케이
일 러 스 트 네코나베 아오
옮 긴 이 한수진
발 행 인 유재옥
이　　　사 조병권
출판본부장 박광운
편 집 2 팀 정영길 박치우 조찬희
편 집 3 팀 오준영 권진영 이소의 정지원
디자인랩팀 김보라 이민서
디지털사업팀 김경태 김지연 윤희진
콘텐츠기획팀 박상섭 강선화
라이츠사업팀 김정미 이윤서
영업마케팅팀 최원석 이다은 윤아림
물 류 팀 허석용 백철기
경영지원팀 최정연
인쇄제작처 ㈜코리아피엔피
발 행 처 ㈜소미미디어
등　　　록 제2015-000008호
주　　　소 서울시 마포구 토정로222, 502호 (신수동, 한국출판콘텐츠센터)
판매 및 마케팅 (070) 8822-2301

ISBN 979-11-384-8545-6
ISBN 979-11-6190-511-2 (세트)